恋心の在処

黒崎あつし

幻冬舎ルチル文庫

CONTENTS ✦目次✦

恋心の在処

✦イラスト・金ひかる

✦カバーデザイン＝chiaki-k（コガモデザイン）
✦ブックデザイン＝まるか工房

恋心の在処

1

目が覚めたとき、違和感があった。

枕の硬さやベッドのスプリングの感じがいつもと違う。

不思議に思った安藤蒼太《あんどうそうた》がうっすらと目を開けると、ストライプ柄のタオルケットが視界に入ってきた。

(これ、杏里《あんり》と一緒に選んだやつだ)

ブルー系のがいいと言った蒼太に、杏里は、気分が明るくなるから暖色系のほうがいいよと強固にピンク系を勧めてきた。

さすがにピンクは嫌なので、とりあえず妥協してオレンジ系のを選んだのだ。

(そうだ。昨日、光《こう》ちゃんのマンションに引っ越したんだっけ……)

実家の部屋はそのままにして、家具一式すべて新しいものにしたから、ベッドの寝心地がいつもと違うのだ。

暖色系も悪くないなと思いながら、蒼太は何気なく寝返りを打つ。

と、その途端、ズキッと頭に激しい痛みが走った。

「っつ」

鼓動に呼応するように、ズキンズキンとひどく頭が痛む。

どっかに頭をぶつけたのかと思いつつ起き上がろうとすると、今度は鈍い痛みを下半身から感じた。

「……なに、これ？」

どちらの痛みも、今まで経験したことのないものだ。

（昨夜《ゆうべ》、なんかしたっけ？）

思いっきりすっころんで、頭とお尻を打ったとか？

半ば寝ぼけたまま、頭を抱えて痛みを堪《こら》えていると、部屋のドアがいきなり開いた。

「お、蒼太、やっと起きたか」

おはよう、と挨拶《あいさつ》してくるのは、蒼太の年上の従兄弟《いとこ》、田沼光樹《たぬまこうき》。

従兄弟の贔屓目《ひいきめ》なしで、光樹は文句のつけようがないイケメンだ。

さらりとした清潔感溢《あふ》れる黒髪と、形のいい眉《まゆ》にくっきりした二重の切れ長の黒い目。鼻筋はすっきりと通り、薄い唇にはいつも理知的な微笑《ほほえ》みが浮かんでいる。

長身でスタイルも姿勢もいい光樹には、ちょっとした立ち居振る舞いにも人の目を惹《ひ》きつける華がある。

（俺とは真逆だよなぁ）

妙にパサパサした麦わらみたいな色の髪に、くりっと丸いだけの淡い琥珀色《こはくいろ》の目、小さめの鼻と頰《ほお》にはそばかすが浮いている。

子供っぽく見える蒼太のそんな顔立ちは、初対面の相手から、どこかで会ったことなかったっけ？　と聞かれがちな普通っぷりだ。

自分が人混《ひとご》みの中で埋没しがちな容姿をしているせいか、蒼太は昔から二枚目俳優のように格好いい自慢の従兄弟に対して憧れに似た感情を抱《いだ》いている。

「あ〜、光ちゃん、おはよう」

朝から男前だなぁと感心しつつ、蒼太は頭を抱えたまま挨拶した。

「二日酔いか？　ちょっと待ってろ」

そんな蒼太を見て苦笑した光樹は、すぐに水と痛み止めを持って来てくれた。

「だから飲むなって言ったんだよ」

「……うん」

（そっか……。これって二日酔いなんだ）

ポイッと薬を口に放り込み、水で流し込む。

どうやらひどく喉《のど》が渇いていたようで、その冷たい水がもの凄《すご》く美味《おい》しく感じられて、蒼太はそのまま一気にペットボトルの水をゴクゴクッと飲んだ。

と、あまりにも一気に飲み過ぎたようで、今度は水が気管に入ってしまって思いっきりむせてしまう。

「まったく、なにやってるんだ」

苦笑気味に光樹が背中をさすってくれたが、ゲホゲホと盛大にむせ続けていた蒼太はありがとうとお礼を言うことさえできない有り様だ。

「大丈夫か。まさか、風邪でも引いたんじゃ？」

涙目でむせ続ける蒼太が心配になったのか、光樹の手の平が蒼太の額に触れた。

「……熱はないみたいだな」

「だ……大丈夫。……むせた……だけだから」

なんとか復活した蒼太は、むせたせいでひどくなった頭痛を我慢しつつ、心配そうな光樹に微笑みかけた。

残った水を今度は用心してゆっくり飲みながら、昨夜の出来事を思い返してみる。

両親や杏里が帰った後、ひとりで酒を飲みはじめた光樹に、飲ませて飲ませてとじゃれついて、駄目だと言う光樹の手から無理矢理グラスを奪い取ったことまでは、比較的すんなりと思い出せたのだが……。

(それで、なにがあったんだっけ？)

その後のことが、どうしても思い出せない。

頭痛のせいで集中しきれないことに軽く苛立《いらだ》ちながら、蒼太は昨夜の出来事をなんとか思い出そうとしていた。

★

「ねえ、蒼太。ちょっと会って欲しい人がいるんだけど……」

いつもハキハキして強気で明るい母、聡子《さとこ》が、照れ臭そうに口ごもりつつそう言い出したのは、蒼太が高校一年の夏休みのことだった。

（そっか……。やっと決心したんだ）

父が不慮の事故でこの世を去ったのは、蒼太がまだ五歳の頃。

以来、ずっとふたりで頑張ってきたが、少し前から聡子に真剣なつき合いをしている恋人がいることはそれとなく聞かされていた。

もしも再婚する気があるのなら祝福するよと伝えたこともあったが、蒼太の高校受験が終わるまでは具体的な話はしないことにしてるのと彼女は言っていたのだ。

高校受験が終わってから半年以上が過ぎ、あの話はどうなったのだろうかとずっと気になっていたのだが、やっとそのときがきたようだ。

そして約束の日、いつもよりちょっとだけかしこまった格好で向かったレストランで、蒼太は聡子の恋人である安藤太一《あんどうたいち》と、その娘である杏里にはじめて会った。

（うわあ、すっごい美少女）

まず蒼太の目を引いたのは、聡子の恋人より、その斜め後ろにいた娘の杏里のほうだった。艶《つや》やかなストレートの長い黒髪に、まっすぐに切りそろえられた前髪の下の大きな目と小さめの唇。お嬢さまっぽい白のワンピースがとてもよく似合っていて、まるで人形のように愛らしい少女だ。

だが蒼太には、その外見の愛らしさよりも、活《い》き活きとした瞳の強い輝きこそが、彼女の最大の魅力のように思える。

(どっかで見たような瞳だ)

それはたぶん、蒼太が子供の頃から毎日見ている母の瞳。

安藤が、どうして聡子に惹かれたのか、その娘を見てなんだかわかったような気がした。

と同時に、この再婚の一番の問題は、やっぱり自分と彼女だなと再認識した。

妻を早くに病気で亡くしたという相手側にも連れ子がいることは聞いていた。

それが一歳年下の女の子だと聞いて、ちょっとむず痒《がゆ》い気分にもなっていたのだが……。

(それが、こんな気の強そうな美少女だなんて……。どんなライトノベルズだよ)

友達に教えたら、美少女とひとつ屋根の下で暮らせるなんてと羨《うらや》ましがられるに違いない。

だが、本人達にとってはそう簡単な問題じゃない。

いつもからっと明るい蒼太は、協調性も豊かなほうだ。

だから、たいていの人とうまくやっていける自信がある。

だが、相手側のほうにうまくやる意志がない場合は、さすがに無理。

思春期特有の少女の潔癖さと頑固さで、同年代の男の子となんか一緒に暮らせないと頭から反発されてしまったら、お手上げ状態で降参するしかない。

（ここに来たってことは、再婚に反対はしてないってことだろうけど……）

意志の強そうなあの瞳に強固な反発の色が浮かびませんように、どうか親子共々気に入ってもらえますようにと祈るしかない。

そんな風に怖々とはじまった顔合わせの食事会は、大人達ふたりがやけに緊張していたもののそれなりにスムーズに進んだ。

自分達親子を気に入ってくれたのかなと蒼太はほっとしていたのだが、帰り際にちょっとしたイレギュラーな事態が起きた。

すれ違いざまに、杏里が蒼太の手の中へと小さなメモを押し込んで寄こしたのだ。

（なんだ？）

なにも言われずとも、彼女がこのメモの存在を大人達に内緒にして欲しいのだということはわかったから、蒼太はメモをそのままポケットに押し込んだ。

自分の部屋に戻ってから開いて読むと、手書きの地図と日時だけが書いてある。

たぶん、この日時にここに来いと言っているのだろう。

メモの文字は、学校でよく見るような可愛らしい女の子風のそれではなく、やけに大人びた達筆だった。

（……まさか、果たし合い？）

用件が一切書いてない、ぶっきらぼうとさえ言えるメモに蒼太はちょっとびびる。

食事会中の彼女は、蒼太と同じように緊張している大人ふたりをサポートしながら、にこにこ気さくに話をしてくれていたのだが、内心では違ったのだろうか？

考えたところで答えは出ない。

とりあえず行って直接話をするしかないだろうと蒼太は腹をくくった。

呼び出された場所は、大きな商業施設の中庭だった。

約束の時間の五分前に行ったら、杏里はすでに噴水前のベンチに座っていた。

辛うじて建物の日陰に入ってるとはいえ、夏休み中の午後三時という、まだまだ暑い時間帯だ。だが、緊張しているのか怒っているのか、スカートの上でぎゅっと両手を握った杏里の横顔には、暑さを感じさせない厳しい表情が浮かんでいる。

ナンパしようと近づいた少年達が声をかけることすらためらうほどの緊張感だ。

（やっぱり果たし合いか……）

思わず、蒼太の口から溜《た》め息が零《こぼ》れる。

だがここは、母の為《ため》にも、なんとか穏便にすませたいところだ。

とりあえず、中庭の中にあるコーヒーショップで、いつからそこでスタンバイしていたかわからない杏里の為にアイスコーヒーを買って、斜め後方からそうっと歩み寄って行った。

「はい。今日も暑いね」

目の前にアイスコーヒーのカップを差し出すと、この不意打ちに杏里は目に見えて驚き、ビクッとした。

「あ、ありがと」

「うん。——いる？」

自分の分のアイスコーヒーを手に杏里の隣に座り、短パンのポケットに入れておいたガムシロップとミルクを取り出すと、杏里は「いらない」と首を横に振った。

「甘いもの、苦手？」

「ううん、逆。甘いお菓子は大好き。だから飲み物はシュガーレスなの。そのほうが美味しいから」

「あ、俺もそう思う」

気が合うねと笑いかけると、うん、と小さく微笑む。

「ちょっと待ってて」

杏里は唐突に立ち上がると、カップをベンチに置いて、コーヒーショップへともの凄い勢いで駆けていく。

戻ってきたときには、その顔に満面の笑みを浮かべていて、両手にカップ入りのアイスを持っていた。

「はいっ！　蒼太くんが来たら一緒に食べようと思って、食べたいのを、ず～～っと我慢してたの」

どうやら、さっきのあの厳しい表情はアイスを我慢していたせいだったらしい。

安心した蒼太は、お礼を言って受け取りさっそく食べてみた。

「あれ？」

アイスの甘さの中に、ほんのりとしたしょっぱさを感じる。

「もしかして、これって塩キャラメル？」

「そうよ。最近あたし、ここのショップの塩キャラメルにはまってるの。どう？」

「美味しいね。俺もはまりそう。――家の母さんのこと、どう思った？」

不意打ちでそう聞くと、杏里は軽く肩を竦《すく》めて苦笑した。

「あたしに雰囲気が似てるかもって思った」

「あ、やっぱり？」

「うん。……パパってば、ちょっと恥ずかしいよね？」

杏里は少し照れ臭そうだ。

「そんなことないと思うよ。きっと君のお父さんにとって、家の母さんは、ごく自然に一緒にいられるタイプなんだよ」

「家族になるんなら、それが一番なのかな」

「かもね。——自分に似てる人は嫌？」

「ううん、嫌じゃない。たぶん、仲良くなれると思う」

「そっか。よかった」

覚悟していたのとは真逆の返事に、蒼太はほっと胸を撫《な》で下ろす。

「おばさまは、あたしのことどう思ったのかな？」

「本当は、息子じゃなくて、娘が欲しかったんだって言ってたよ」

それを息子に直接言うんだから失礼だよな、と蒼太は肩を竦めた。

「想像してたよりずっと可愛かったって」

もうメロメロ状態だと教えてやると、「すっごく嬉《うれ》しい」と杏里が微笑む。

「じゃあさ、蒼太くんは、あたしのパパをどう思った？」

「蒼太でいいよ。——優しそうな人だなって思った。……後、再婚したら、きっと母さんの尻に敷かれるんだろうなって、ちょっと気の毒な気もした」

「気の毒がらなくていいよ。今だってパパは、あたしのお尻の下に敷かれてるんだから」

ひとりもふたりも一緒でしょ？　と杏里が微笑む。

「パパもね、そーたのこと気に入ってたよ。気遣いができる男の子なんて貴重だって……。ごつくて乱暴そうな子じゃなくてよかったって言うのが本音だと思うけどね。ほら、うちのパパ、ちょっとひ弱だから」

「そこは、理知的と言ってあげなよ」

「ものは言い様ね」

「まあね。実を言うと、俺もおじさんが文系の大人しめなタイプの人だったことにほっとしたんだ。ごついおじさんだったら、やっぱりちょっと怖いからさ」

「そーたも、パパと一緒でひ弱系？」

「だから、理知的と言ってよ」

蒼太が苦笑すると、「そういうことにしといてあげる」と杏里が微笑む。

（この子が妹になったら、きっと楽しいな）

毎日こんな風にぽんぽんと会話が弾んで、いつも笑顔でいられそうな気がする。

「俺達、うまくやっていけそうだね」

思ったことをそのまま口にすると、杏里は、それはどうかな？　と言わんばかりにクイッと首を傾《かし》げた。

「なに？　なんか問題ある？」

思わず焦って顔を覗《のぞ》き込むと、杏里はまっすぐに蒼太を見つめ返してくる。

「そーた、あたしのことどう思う？」

「どうって……。ハキハキして明るいし、話しやすくていいなって思うけど」

「そうじゃなくて、恋愛的な意味で」

「恋愛⁉」

そう来たかと、蒼太は思わずのけぞった。

「ぶっちゃけて言っちゃうけど、この再婚話がうまくいったら、あたし達兄妹になって一緒に暮らすことになるわけでしょ？　ちゃんと兄妹になれたら問題はないんだけど、そっちの感情が混ざっちゃうとちょっとまずいかなって思うの」

思春期真っ最中の男女だけに、万が一、どちらかに恋愛感情が芽生えるようなことになったら、家の中の空気が妙な感じになって気まずくなるのは必至。

せっかくの再婚が、失敗に終わる要因になる可能性だってある。

「その可能性があるなら、あたし達のどちらかが進学とか就職とかで家を出るまで、再婚を待ってもらったほうがいいと思うんだ」

「ああ、そういうこと……」

杏里もまた自分と同じように、片親で自分を育ててくれた親の幸せの為に、この再婚話がうまくいけばいいと願ってくれているのだ。

その上で、やはり蒼太と同じように、この再婚話の一番のネックが自分達だと判断したのだろう。

（恋愛かぁ……。縁がないから、そっちの心配はしてなかったな）

ただ単純に、同年代の男の子は嫌だと言われたらどうしようかとばかり心配していた。蒼太にはない発想だが、杏里ぐらいの美少女だとその手の問題が日常茶飯事なのだろう。心配する気持ちはよくわかる。

確かに、その手の心配があるのならば二～三年再婚を延期したほうがいい。そうすることで、この再婚が数十年単位でうまくいくのならば絶対にそのほうがいい。

とはいえ、蒼太自身、自分が杏里に対してその手の感情を抱くことはないように思う。

(杏里ちゃん、可愛すぎるし……。それに、なんか母さんにも似てるしな)

だから恋愛対象にはならないと言ったところで、杏里の父親が自分の娘に似たタイプの女性を妻にと望んでいる以上、微妙に信頼感がない。

(どう説明したらいいのか……)

アイスを食べながらう～んと悩んでいた蒼太は、ふと思いついて言った。

「杏里ちゃんと俺とじゃ、人種が違うから恋とかには発展しないと思う」

「呼び捨てでいいよ。——人種って？」

「えっとね。たとえば、映画とかで喩《たと》えると、杏里は邦画の主役クラスだ」

主役でなかったとしても、映画に華を添える印象的な脇役として、その名前が人々の記憶に残るだろう。

「で、俺は洋画。登場するのは、きっと主人公の回想シーンとかだな」

それも、子供時代に一緒に遊んだ近所の友達という役どころ。

ほんの一瞬の回想で人の記憶には残りにくいし、残ったとしても幼馴染《なじ》みというイメージだけで個人名を特定するほどのインパクトはなく、記憶にも留《とど》まらない。

「意味わかんない」

「そう？　昔見た洋画の中に、俺みたいな奴いなかった？」

蒼太は自分の顔を指差した。

彫りの深い西洋風の顔というわけではないが、全体的に色素が薄い。髪は麦わらみたいな色だし、目も淡い琥珀色だ。日に焼けにくい白い頬と鼻の頭には、そばかすがあちこちに浮いていて愛嬌《あいきょう》を添えている。

身長は小さめだが、ひょろっと長い手足がいずれは大きくなりそうな予感を感じさせて、日本人として見れば小柄な高校生でも、西洋の人から見たらきっと小学生ぐらいのやんちゃな子供にしか見えないに違いない。

蒼太がそんな風に自分の容姿を分析してみせると、杏里は小さく笑った。

「そっか。最初、そーたの顔を見たとき、なんか懐かしい感じがしたのはそのせいかもね」

「よく言われるんだ。どっかで見たような顔だって……」

パサパサの髪や鼻に浮いたそばかす等、自分ではけっこう個性的だろうと思うのだが、他人から見るとそうは見えないらしい。

いつでも、どこかで会ったことのある顔だと言われがちだ。

「よく見るとけっこう整ってるのにね。そーたは、きっと実像より雰囲気優先な人なんだ」

「雰囲気?」

「朗らかで気さくな感じ……かな? でね、いつだったか一緒に笑い転げたことがあったような気がするの」

「ふうん。それ、いいね」

いつでもどこでも誰とでも、うまくやっていけるようになりたいと思って生きてきた。だから、外から見た自分がそう見えているのならば嬉しいばかりだ。

「で、人種が違うって、どういうこと?」

「うん。だからさ、主役クラスと端役とじゃ、同じ土俵には立てないものだろ? ……はっきり言っちゃうと、杏里は俺には高嶺《たかね》の花だから、最初からそういう視点では見れそうにないって意味」

蒼太がそう言った途端、杏里は露骨にムッとした顔になった。

「そういう考え方って卑屈」

「現実的だと言って欲しいんだけど……」

「でも、それってあたしに対しても失礼じゃない?」

「そうなの?」

「うん。外見で特別視されるのって、いいことばかりじゃないんだから」

「ああ、そっか。――ごめん」

美少女には美少女なりの悩みがあるらしいと素直に謝った蒼太に、「別にいいけど」と、杏里は呟《つぶや》き、口直しするようにアイスを口に運んだ。

「ちなみに、杏里は俺のことどう思ってるのさ？」

「……あたし？　あたしはね、そーたには、ちょっと不満がある」

「え!?　どこ？」

蒼太が焦って聞くと、「年上だってトコ」と杏里は答えた。

「……杏里、ふざけてる？」

「ううん、真剣。あたし、どうせなら弟が欲しかったんだ」

「そう言われてもなぁ。年齢に対する注文には、どうしたって応じられないよ？」

「わかってるって」

困り顔の蒼太に、杏里が笑いかけた。

「逆を言えば、そこ以外に不満はないの。第一印象で、この人となら親友になれるって思った。あたしの勘はよく当たるの。そーたに友情を感じることはあっても、恋愛感情を持つことは、きっとないと思う」

「ふうん、親友か……」

となると、手の中に押し込まれたあのメモは、果たし状ではなく、仲良くなろうよという招待状だったのだろう。

「いいね、それ」

元々が他人だし、それなりに成長している今からでは、本当の兄妹のようにはなれない。

でも、兄妹みたいに仲のいい親友にならばなれそうだ。

「でしょ？　あたし達がタッグを組めば、きっと無敵。パパ達の再婚を一緒に後押ししてあげない？」

とびっきりの笑顔で杏里が微笑む。

「うん、そうだね」

蒼太も笑顔で頷《うなず》いた。


杏里の話では、大人達は杏里の高校受験が終わるのを待ってから、正式に再婚の話を進めるつもりでいるらしい。

「話を進めるって言っても、とりあえずお互いにもっと親しくなる為に、四人であちこち遊びに出掛けようってことらしいんだけどね」

「気の長い話。俺の受験が終わった後に具体的に動くとか言ってて、けっきょく顔合わせできたのは夏だもんな。この調子だと、再婚まで何年かかるやら……」

「だよね？　あたしもそれが心配だったから、そーたに相談しようと思ったの」

これが独身の男女だったら、結婚前の期間をゆっくり楽しむこともできるのだろうが、再婚同士のカップルではそうはいかない。

お互いに仕事もあるし、子供との生活もあるから、デートする時間だって現状ではそう簡単には捻出できていないみたいだ。

「中途半端なままだとなんか落ち着かないし、もうさっさと再婚させちゃおうよ」

高校受験に対して学力的な問題は一切ないと杏里が胸を張って言い切るので、そういうことならばと蒼太も杏里の意見に賛成した。

そしてふたりで、お互いの親の背中をぎゅうぎゅうと押しまくり、その甲斐《かい》あって、その翌年のお正月は四人家族として迎えることになった。

新しい生活は、とても快適で幸せなものだったと思う。

蒼太は看護師として忙しく働いている母をずっと支えてきたから、家事一般は得意分野だ。父の面倒をずっと見てきた杏里も同様で、ふたりして手分けして家のことをするようになってからは、お互いにその負担がぐんと軽くなった。

母が夜勤のときは、ずっとひとりで夜を過ごしていた蒼太だったが、今では義父と杏里がいてくれる。

研究職に就いている義父は、優しく穏やかで純粋に尊敬できる人だし、杏里は言うまでもなくいい奴だ。

一緒に暮らすようになってから、杏里は蒼太に対してだけ少し我儘《わがまま》になったが、むしろそこが逆に可愛い。蒼太はもうシスコンまっしぐらだ。

杏里のほうもどうやらそうみたいで、「やっぱり、そーたのほうが年上でよかったのかも」と言いつつ、小生意気な態度で甘えてくる。

仲良くじゃれあうふたりが、まるで遊びたい盛りの子犬みたいだと言って両親は微笑む。だから蒼太も杏里も、ごり押しして再婚の時期を早めたのは正解だったと信じて疑わなかったのだ。

だが再婚から半年後、その幸せに小さなほころびが現れる。

その日、母は夜勤で、義父はラボが増設されたお祝いだとかで珍しく酔って帰ってきた。

普段、滅多にお酒を飲まないせいもあってかなり酔っていて、まっすぐ歩くのも困難な様子で、部下がタクシーを使ってマンションまで送ってくれたほどだった。

「おかえりなさい。大丈夫？」

「ああ、悪いね」

蒼太はふらつく義父に肩を貸して、リビングへと連れて行った。

「もう、パパったら……。お酒あんまり飲めないんだから、ちゃんと自制しなきゃ駄目じゃない。――ほら、お水」

ソファに倒れ込むように座った義父に、杏里がぷりぷり怒りながらコップを差し出す。

「ああ……ありがとう」

コップを受け取ろうとして身体《からだ》を起こした義父は、胸元に大きなリボンがついた可愛らしいネグリジェ姿の杏里を見て、急に不機嫌そうな顔になった。

「またそんな格好でふらふらして……」

「家の中なんだから、別にいいじゃない」

「よくない。よくないよ。……以前とは違うんだ。頼むから、もう少し用心してくれ」

「用心って、なにに？」

言われた意味がわからなかったようで、杏里はきょとんとしている。

が、蒼太はすぐに理解できた。

（俺だ。……俺を用心しろって言ってるんだ）

戸籍上は正式に兄妹になったとはいえ、血の繋《つな》がりのない少年と自分の娘がふたりきりでいることに対して、義父は危機感を抱いていたのだ。

思いもかけないことに、蒼太は反論することも忘れてその場に立ちすくむ。

「ああ、いや……。その必要はないか。……うん、わかってるんだ。蒼太くんはいい子だ。信用してても大丈夫だってことぐらい……パパだって、ちゃんとわかってるんだ」

義父が苦しそうに呟く。

「それって……。いやだ、パパ！　なに言ってるの⁉」

その言葉で杏里も父親の真意に気づき、血相を変えて父親にくってかかろうとした。が、酔っぱらいの耳にはもう届かない。眠気に襲われたのか、ずるずるとソファに倒れ込み、そのまま寝てしまう。

「パパってば、起きてよ！」

「杏里。起こさなくていいから」

怒って父親をたたき起こそうとする杏里を、蒼太は慌てて止めた。

「なんで止めるの？　今のはそーたに対する侮辱だよ！　あたし、絶対許さない！」

「落ち着いて。父さんは酔ってるんだ。いま起こしても話ができる状態じゃないよ。明日、酔いが冷めてから話そう」

蒼太はぷりぷり怒っている杏里をなんとか宥《なだ》めたが、けっきょく、翌日になってもその話を義父とすることはなかった。

酔いに任せて自分が吐露した言葉を、義父が覚えていなかったからだ。

それどころか、宴席の途中で記憶が途切れているとかで、自分がどうやって帰って来たのかさえ覚えていないほどだ。

怒り心頭に発していた杏里は、二日酔いに苦しむ父親に喧嘩をふっかけようとしていたが、蒼太はそれを必死で止めた。

「覚えてないんなら、もう触れずにいようよ。絶対にそのほうがいいって」

娘を心配する気持ちと、義理の息子を信頼したいと願う気持ち。

昨夜の口ぶりからして、娘を心配して不安を感じてしまう自分と、義父はずっとひとりで戦っていたのではないかと思う。

酔っぱらって前後不覚にさえならなければ、絶対にそんな気持ちを表に出すことはなかっただろう。

そんな風に蒼太は杏里を説得した。

「それに、父さんが杏里を心配する気持ちは俺にもよくわかるんだ。俺だって、杏里がまた変な奴に声かけられたりしてないかなって、たまに心配になることもあるし……」

再婚話を進めていた頃、杏里は大学生の男から一方的に想いを寄せられて、しつこくつきまとわれていた。

持ち前の気丈さで男の存在を無視し続けていた杏里は、なにも実害はないからと父にも蒼太にも告げずにいたのだが、たまたま再婚計画を進める為の話し合いで何度か杏里と外で会っていた蒼太を、その男が杏里の彼氏と誤解して接触してきたことで、このストーカー被害が発覚したのだ。

パパに余計な心配をかけたくないという杏里の為に、蒼太がこの手のトラブル処理が得意な知り合いに頼んでその男を撃退してもらったのだが、第二第三の不審者が現れるのではないかという不安はいまだに胸の中にくすぶっている。

杏里と仲良くなればなるほど、そんな不安も増した。

「きっとさ、父さんは、杏里が小さい頃からずっとそういう不安と戦ってきたんだと思うんだ。もう癖になっちゃってるのかも……。そういう気持ちがなんとなくわかるから、俺は父さんを責められないよ。昨夜のことも、別になんとも思ってないし」

大好きだから、心配してしまうのだ。

だからそんなに怒らないであげてと宥めると、杏里はちょっと泣きそうな顔で渋々頷いた。

「じゃあ、全部なかったことにして、このまま流すの？」

「いや、父さんの不安を少しでも楽にしてあげたいから、ちょっと方法を考えてみるよ」

考えてみると言ったものの、蒼太の気持ちはすでに決まっていた。

自分が、この家を出るべきなんだろうなという方向に……。

（元々、このマンションは学校からも遠かったし……）

一緒に暮らすことになって、みんなで広いマンションに引っ越したのだが、四人の通勤通学の便を考えた結果、どうしても中間点にいい部屋が見つからず、最終的に通学途中でトラブルに遭《あ》う確率が高い杏里にとって一番いい地点に新居を構えたのだ。

その結果、蒼太は二度も乗り換えをして、長時間かけて高校に通うことになった。

部活動などはしていなかったし、なんとか通学できる距離ではあるのだが、毎朝早起きしなきゃいけないことだけはやはりかなりしんどかった。

これを機に、学校近くにアパートでも借りてもらえたら、義父の悩みは消えるし、蒼太の通学は楽になるしで一石二鳥のような気がする。

数日考えても、やっぱりそれ以外の方法を思いつかなかった。

だから杏里に話をしてみたのだが、それはもう強固に反対された。

「だーめっ！　そーたが出て行くぐらいなら、あたしが出てく！」

「いや、それだと余計話がこんがらがるから……」

女の子のひとり暮らしなんて、両親は絶対に認めないだろう。

その点、男の蒼太ならば、通学のこともあるし、比較的簡単にＯＫしてもらえるはずだ。

と思ったのだが……。

「無理。そーたのひとり暮らしだって、パパとお母さんは絶対に認めないから」

「そうかな？　案外、平気じゃない？」

「無理だって。きっとすっごく心配するよ。あたしを心配するのと同じくらい、そーたのことだって心配するに決まってるでしょ？　大学生ならともかく、まだ高校生なんだし……」

「そっか……。俺達、いつも一緒くたに子供扱いされてるもんな」

「でしょ？　だから、ひとり暮らしなんて馬鹿なこと考えるのよそう？」

ね？　と杏里が同意を求めて来たが、蒼太は頷かなかった。

「でもさ、俺達には責任があると思うんだ」

「なんの責任？」

「再婚を早めちゃった責任だよ」

蒼太は、こうなってみてはじめて、両親が不自然に再婚の時期をずるずると引き延ばしてきた理由がわかったような気がしたのだ。

年頃の子供達ふたりを一緒に暮らさせてもいいものかどうか、彼らもそれなりに不安を感じていたのではないだろうかと……。

だからずるずると具体的な話を出さないまま再婚話を引き延ばし、顔合わせをした後も、うまく暮らしていけるかどうか、時間をかけて確かめていこうとしていたのではないか？

そうとも知らず、蒼太と杏里は、自分達ふたりの間だけで一緒に暮らしても大丈夫だと勝手に結論を下して、タッグを組んで再婚話を加速させてしまった。

両親が、自分達と同じ結論を下す時間的余裕を与えないままに……。

心の準備ができないまま一緒に暮らすようになってしまったことが、今回の問題の一番の原因のような気がする。

「俺達は、ちょっと急ぎすぎたんだ」

そんな蒼太の言葉に、杏里はショックを受けたようだ。

それでも、やはり蒼太の案には賛成できないと言う。

杏里を味方につけることができなければ、両親を説得できる可能性はゼロに等しい。

悩んだ蒼太は、いつも困ったときに頼りになる親戚、伯母の和恵《かずえ》の元へ相談に行くことにした。

和恵は、母の年の離れた兄の妻で、蒼太達が母子家庭になってからは、物理的にも精神的にも一番の支えになってくれた人だ。

昔ながらの肝っ玉母さんというか、実に情に厚くものの道理のわかる女性で、おっとりとして商売には向かない夫を支え、母の実家の家業である不動産業をしっかり切り盛りしているのだから本当に凄いと思う。

蒼太は、常々彼女に対して尊敬の念を持っていた。

だからこそ、きっとこの状況を改善するいい案を教えてもらえそうな気がしたのだ。

絶対に一緒に行くという杏里と共に和恵の元へ向かった蒼太は、すべての事情を彼女に話してみた。

「蒼ちゃん、それは筋が違う。あなたが家を出て行く必要なんてないでしょう」

ひとり暮らしがしたいという蒼太に、和恵は首を横に振った。

ほらね！　と言わんばかりに、蒼太の隣で杏里が何度も首を縦に振る。

「子供が心配することじゃないわ。それは夫婦で話し合うべき問題よ」

聡子さんに打ち明けてごらんと和恵に言われたが、蒼太は頷かなかった。

「そんなことして、ふたりの間が気まずくなったら困るよ」

「夫婦の間に、もめ事はつきものよ。いろんな問題を乗り越えて、絆《きずな》を深めていくものなんだから」

「でも、乗り越えられなかったら？」

一からはじめる普通の夫婦ならば、そうやって問題を乗り越えていくのもアリなんだろうとは思う。

でも、両親はそうじゃない。

お互いに自分の子供を連れての再婚だ。

ひとつになったばかりでまだ固まりきっていない家族だから、ちょっとしたことでまたふたつに分かれてしまう可能性が充分にあるだろう。

「父さんが不安がってるってことを知ったら、母さんは俺を連れて家を出るって言い出すんじゃないかと思うんだ」

一時的な別居という形だったとしても、我が子に対して後ろ暗い疑惑を向けられたというしこりは残るだろう。

そのまま、二度と心の距離が埋まらない可能性だってあるのだ。

「それは困るよ。——母さんには幸せでいて欲しいんだ」

義父と出会ってから、母は以前にも増して明るく笑うようになった。

身内だけを招いた結婚式では、感極まったように滅多に見せない涙を流していた。

若くして夫を亡《な》くすという哀しみに堪《た》えてきた彼女が、再び辛《つら》い別れを経験するようなことになって欲しくない。

それに、この先、蒼太だっていずれは独り立ちする日がくるだろう。

そのときになって、母がひとりで寂しい思いをするのがなによりも嫌なのだ。

その隣に寄り添っていてくれる人、人生の伴侶がいて欲しいと思う。

蒼太がそう訴えると、和恵は「困ったわねえ」と溜め息をついた。

「太一さんは自分が言ったことをすっかり忘れているんでしょう？　蒼ちゃんもなにも聞かなかったことにすればいいんじゃないの？」

「そんなの無理だよ」

どうしたって言われたことは忘れられない。

みんなで楽しく笑っているときでも、義父がその心の中に苦しみを抱いているのかと思うだけで蒼太だって辛くなる。

いっそ離れてしまったほうが、お互いに気持ちが楽になるような気がするのだ。

「家を出たとして、蒼ちゃんは寂しくない？」

「そりゃ……寂しいとは思うけど……。でも、いずれはひとり暮らしをしたいって思ってたし、それが早まっただけだと思えば我慢できるよ。それにさ、実際に通学が大変なのは事実なんだ。往復で三時間以上だよ？　なんかすっごい時間を無駄にしてるみたいでさ」

「それでも駄目。そーたひとりが我慢するなんて変だよ」

「杏里ちゃんの言う通り。それは駄目ね。……伯母さんも賛成できない。――でもねえ、蒼ちゃんが聡子さんを思う気持ちもよくわかる。……さて、どうしたものかしら」

和恵は、う～んと考え込み、ふと気づいたように顔を上げた。

「蒼ちゃんが寂しい思いをせずに家を出る方法が、ひとつだけあるわね」

「なに？」

「うちの馬鹿息子のところに行くの」

「光ちゃんのとこ？」

馬鹿息子と言われて、即座に連想するのは申し訳ないような気がするが、和恵のふたりの息子のうち、長男は某有名進学塾の人気講師をやっていて本まで出版しているぐらいだから、馬鹿という表現は当てはまらない。

となると、個人で企業向けの調査事務所という、和恵曰《いわ》く、わけのわからない商売をやっている次男の光樹ということになる。

「光樹のマンション、蒼ちゃんの高校の近くよね？」

「うん」

光樹は、実家の不動産会社が所有しているマンションの最上階に事務所兼住居を構えているのだが、以前は蒼太達親子も同じ物件内に部屋を借りていたのだ。

通学の便が一番いい高校を蒼太は選んでいたから、当然そこからなら自転車で十分程度しかかからない。

「でも、迷惑じゃないかな？」

「迷惑どころか、むしろお願いしたいぐらいなのよ。あの馬鹿息子、ついこの前、倒れて病院に運ばれちゃってねえ。恥ずかしながら、過労と寝不足と栄養失調だったんですって」

「栄養失調って……。光ちゃん、料理得意なのに？」

蒼太は小学生の頃、母親が夜勤の度《たび》に、最初の頃は母の実家に、大学生になった光樹が蒼太達と同じマンションでひとり暮らしをするようになってからは、光樹の部屋に泊まりに行くのが習慣になっていた。

母の実家では至れり尽くせりの王子様状態で面倒を見てもらえていたが、光樹の部屋に行くようになってからは、自分のことは自分でやれるようにならないとなと言われて、ひとり暮らし初体験の光樹と一緒に、料理や掃除の仕方を一から学んでいった。

ぶっちゃけ、マメな質《たち》の光樹は、大雑把《おおざっぱ》な母よりも、最終的には料理が上手になったぐらいだから、栄養失調になるなんてちょっと意外だ。

「仕事が忙しかったんですって。生活時間帯がおかしくなっちゃってて、自分が何時間寝たとか、いつ食事したとかも把握できなくなってたって本人は言うのよ」

大馬鹿でしょう？　と、和恵がそれはもう心配そうな顔をする。

「蒼ちゃんが一緒に暮らしてくれるようになったら、人間は決まった時間に食事して、夜はちゃんと寝るもんだってことを思い出してくれるんじゃないかしら？　――どう？　お願いできない？」

すっかり母親の顔になった和恵に頼まれた蒼太は、ちょっと困惑してしまった。

光樹のマンションには以前から何度も出入りしているから、なにがどこにあるかすべて知っているし、居心地がよさそうな空《あ》き部屋があることもわかっている。

（むしろ、俺のほうがお願いしたいぐらいなんだけど……）

相談しに来たはずが、逆に頼み事をされている。

なにやら話の軸がずれてきた。

妙な感じだぞと思いつつ、隣に座る杏里に視線を向けると、「いいんじゃない」と杏里がにこっと笑った。

「そーた、和恵おばさまのお願いを聞いてあげなさいよ」

「え？」

ついさっきまで、杏里は蒼太が家を出ることに猛反対していたはずだ。

いきなりのこの変わりように、蒼太はまたまた困惑する。

「……俺、家を出てっていいの？」

「本当はすっごく嫌だけど、あたしも我慢する。光樹さんのところなら、なんの問題もないもんね。むしろ、渡りに船って感じじゃない?」

「うん。まあ、確かにそうだけど……」

十歳年上のこの従兄弟は、同じマンションに暮らすようになってからは、父親代わりの男手になってくれたり、夏休みには海などに遊びに連れて行ってくれたりと、蒼太達親子をずっと助けてくれていた。

蒼太にとっての光樹は、従兄弟と言うよりは頼りになる兄のような存在なので、家を出てひとり暮らしになるよりは、一緒に暮らすことができるのなら確かに心強いのだが……。

「俺は嬉しいけど……。とりあえず、光ちゃんがなんて言うか、ちゃんと確認取ってからでないとなんとも言えないよ」

「あの馬鹿がOKすればいいのね。お安い御用よ」

任せといてと和恵は頷き、数日後にはしっかり話を固めてしまっていた。

そして、和恵のほうから頼み込む形で、話は両親へと伝えられた。

「蒼ちゃんも毎日の通学が大変だって言ってるし、お互いにとって悪い話じゃないと思うの。あの馬鹿息子を助けると思って、なんとかお願いできないものかしら?」

信頼している義理の姉である和恵から頭を下げられ、「俺からもお願い!」と蒼太に拝まれて、「光樹くんのところなら大丈夫かしら……」と母は戸惑いながらもOKしてくれた。

だが意外なことに、「まだ高校生なんだ。家族と一緒に暮らしたほうがいいに決まってる。通学が大変なら、みんなで引っ越したっていいんだよ」と義父は最後まで反対した。だが、元々ちょうどいい場所に引っ越し先がなかったから、仕方なく今のこのマンションに決めたわけで、それは現実的な意見じゃない。

杏里にそこを突っ込まれて、最終的に渋々ながらもOKしてくれた。

「ねえ、蒼ちゃん。なんだかんだ言っても、太一さんも蒼ちゃんと一緒に暮らしたがってるみたいじゃないの。なんだったら断ってくれてもいいのよ？」

そんな義父の様子を見ていた和恵がこっそりと蒼太に耳打ちしてきたが、蒼太は意志を変えなかった。

（父さんが、ちゃんと俺を信頼してくれてるってことがわかっただけで、もういいや）

信頼していても、自分の中にある不安を消すことがどうしてもできないのだろう。

だからこそ、蒼太に対して後ろ暗い疑いを抱いてしまうことに、義父は今も苦しんでいるに違いない。

自分がこの家を出ることでその苦しみから解放されるのならば、きっとそのほうがいい。

（俺も、光ちゃんと一緒なら寂しい思いしなくてもすむし……）

これで万事解決だと蒼太は思った。

☆

そして昨日、梅雨《つゆ》の晴れ間の連休初日に、蒼太は光樹のマンションに引っ越してきた。

最初のうち、子供のくせに蒼太は空気を読み過ぎなんだと言って、光樹はこの同居話を渋っていたらしい。

だが、不摂生な生活をしている息子の身体を心配する母親の強固なごり押しと、蒼太の意志が固いことを知って、しょうがないかと受け入れてくれたのだとか。

「今日からよろしくお願いします。……迷惑かけて、ごめんね」

引っ越しを終えて両親と杏里が帰った後、親しき仲にも礼儀ありとばかりに、蒼太がぺこりと頭を下げると、光樹は肩を竦めて微笑んだ。

「ちょうど生活時間帯の見直しを兼ねて、犬でも飼おうかと思ってたところだったんだ。タイミング的には、ちょうどよかったのかもな」

「俺、犬の代わり？」

「自分の世話を自分で見られるんだから、犬よりは手がかからない」

「自分の世話だけじゃなく、光ちゃんの世話だってできるよ」

俺が来たからにはもう栄養失調になんかさせないからと宣言すると、そりゃ助かると光樹は笑った。

この同居を迷惑だと思われていたらどうしようかとちょっと不安だった蒼太は、その笑顔にほっとする。

（そんで、確か……父さんの手みやげのお酒を開けたんだっけ）

貰《もら》い物だが自分は飲まないからと光樹に手渡されたスコッチは、蒼太にはよくわからないが、どうやら国内ではほとんど手に入らない銘柄だったらしい。

一度飲んでみたかったのだと、光樹がやたらと嬉しそうにスコッチの封を開けて飲みはじめるのを、蒼太は真向かいのソファに座って興味津々で眺めていた。

「それ、美味《うま》い？」

「ああ、しみじみ美味いな」

いいもの貰ったと光樹は嬉しそうだ。

（どういう味なんだろう？）

氷を浮かべたそのスコッチのとろりとした琥珀色は、ハチミツを連想して甘そうに見える。それが甘くはないってことぐらい当然知っているが、実際に口にしたことはない。

周囲の友達連中は、あちこちの家で寄り集まってこっそりお酒を飲んでいたようだが、蒼太はそういう集まりに顔を出したことはなかった。

母が夜勤で不在がちだったから目を盗んで遊ぶのは容易《たやす》いことだったが、親が働いている時間帯にそういうことをするのがなんとなく嫌だったのだ。

最近では、あまり酒を飲めない両親が、家で乾杯するときなどに一本の缶ビールをふたりで分けて飲んでいるのを、ちょっとだけ飲ませてもらったことならあるが、スコッチのような強いお酒とはこれまで縁がなかった。

「光ちゃん、それ、ちょっとだけ飲ませて」

蒼太がずいっと手を差し出したら、光樹はひょいっと逃げた。

「駄目だ。おまえにはまだ早いよ」

「いいじゃん。ちょっとだけ……」

光樹の隣に移動して、飲ませて飲ませてと無邪気にじゃれついてその手からグラスを奪い取る。

はじめて口にしたスコッチは、想像とはまったく違う味で、辛くて苦くて、やたらと喉がヒリヒリした。

「うえ、まずっ」

「子供にはわからない味なんだ」

べえっと舌を出したら、光樹にからかわれた。

子供扱いにムッとした蒼太は、馴《な》れれば美味しくなるかも……と再びグラスに口をつけた。

そして、ゴクゴクッと喉を鳴らして一気に飲み干してしまったのだ。

（あの後、どうなったんだっけ……）

「ああ、勿体《もったい》ない」

光樹がそう言ったのは覚えている。

かあっと、喉から胸、お腹《なか》にかけて熱くなったことも……。

そして、ちょっとむせて、光樹に背中を撫でてもらったのだ。

だが、その後のことがどうしても思い出せない。

（杏里に知られたら怒られそうだ）

——お酒を飲んで記憶をなくすだなんて、パパと一緒じゃない。もう、だらしない！

ぷりぷり怒る顔が容易に想像できて、つい笑ってしまった。

とはいえ、酔っぱらっていても、ちゃんとパジャマに着替えて寝てるんだから習慣って凄いなと思う。

（まさか光ちゃんが着替えさせたなんてことはないよな）

痛み止めが少し効いてきたようで、徐々に頭痛は治まってきていた。

起きて着替えようと、妙に気怠《けだる》く軋《きし》む身体を動かしてベッドから降りて、タオルケット同様に杏里と一緒に選んだ真新しいパジャマのボタンを外す。

「……あれ？」

すると、ちょうどみぞおちのあたりに赤い斑点を見つけて、蒼太は首を傾げた。

昨日の引っ越しでどっかにぶつけたのかなと思い、指先で軽く触れてみたが痛みはまったく感じない。

ただ、奇妙なビジョンが脳裏に浮かんだ。

ちょうど赤くなっているその部分に、誰かの唇が触れている。

長めの前髪で目元は見えないが、髪の感じからしてキスしているのは光樹みたいで……。

（……夢？）

ちょいエロい夢なら、今まで何度も見たことがある。

だが、その場合、ぽよんと膨らんだ胸や丸いお尻のシルエットをぼんやり見る程度で、はっきりした人物をイメージしたことはなかった。

それが、よりによって従兄弟をエロい夢に登場させてしまうなんて……。

「うわあ、なんだろ？　なんでこんな変な夢見ちゃったんだ？」

蒼太はそばかすが浮いた頬を真っ赤にして、両手で頬を押さえた。

と、その途端、今度は自分の名を呼ぶ光樹の声が耳に甦《よみがえ》る。

『蒼太』

いつもより、幾分低めの囁《ささや》き。

その声と熱い呼気を耳に直接感じたような気がして、ぞくっと背筋に甘い感覚が走る。

「な、なんなんだよ、これ……」

囁かれた右の耳が妙にこそばゆいような感じがして、蒼太は思わず手の平でごしごしと耳を強く擦《こす》った。

『こら、なにやってるんだ？』

すると、今度は笑みを含んだ光樹の声が脳裏に響く。

耳を擦っていた右手を摑《つか》まれ、その手首にキスされたビジョンも……。

チリッと、実際に甘痒い痛みが手首に走ったような気がして、思わず手首に視線を落とすと、どうしたわけか、そこにも本当に赤い斑点が浮いていた。

「え……なに、これ？　なんで？」

次々に浮かんでくるこのビジョンは、夢じゃないのか？

となると……。

（じゃあ、お尻が妙に痛いのって……）

思い至った結論に、蒼太は真っ赤になったまま、へたあっとその場にへたり込んでしまっていた。


テレビドラマや漫画なんかで、泥酔した翌朝に知らない人とベッドインしているストーリーを見たことがある。

（つまり、そういうこと……なのかな？）

中学生のとき、ちょっといい感じになった女の子からちゅっとほっぺにキスしてもらった

ことがある程度でいまだに童貞だし、そっち系の話題には疎《うと》いほうだけど、ちょっとコアな趣味のカップルや男同士の場合は、後ろを使うらしいと聞いたことならある。

そのせいもあって、この身体の芯の痛みからして、どうやら自分は酔った勢いで従兄弟といたしちゃったらしいってこともわかってしまった。

(でも、なんで?)

いくら酔っていたからとはいえ、男同士でそういうことになるなんて奇妙な話だ。少なくとも蒼太のほうには、そういうことになるような心当たりは一切ない。

(光ちゃんのことは好きだけど、そういう好きじゃないし……。ってことは、光ちゃんが、むらむらしちゃったってこと?)

思い返してみると、十歳年上のこの従兄弟に、特別な女性の存在を感じたことは一度もなかった。

高身長高学歴のイケメンと、世の女性達がほうって置かない条件を兼ね備えている光樹がもてないはずはないから、彼自身が女性を寄せつけなかったってことなんだろう。

光樹が、いわゆるゲイと言われるセクシャリティだったとしても、やはり疑問は残る。

(俺相手に、むらむらするもんかなぁ)

蒼太が光樹のことを兄のように慕っているように、光樹もまた蒼太を弟のように可愛がってくれているとずっと感じていた。

小学生の頃は一緒にお風呂に入っていたぐらいなのだ。

そんな気安い相手に、セクシャルな衝動を感じるものなのだろうか？

（……もしかして、これもやっぱりお酒のせい？）

光樹も酔っていたせいで理性が薄れ、ついむらむらして、手近にいた自分にうっかり手を出してしまったってことなんだろうか？

（記憶だけじゃなく理性までふっとばすなんて、お酒って怖い）

なんてことを考えていると、またしても前触れもなくドアが開いた。

「朝ご飯食えそうか？」

「う、うん、食える」

へたり込んだままぼんやりしていた蒼太は、なんとなくどきまぎしながら慌てて頷いた。

（光ちゃん、いつもと同じだ）

一切の遠慮もためらいもないその態度に、蒼太はちょっと戸惑う。

（俺も、普通にしてたほうがいいのかな？）

それが大人のマナーというものなのだろうか？

準備ができているから早く来いと言われ、戸惑いながらもハーフ丈のジーンズとTシャツに着替えてキッチンに行くと、テーブルの上には焼きたてのフレンチトーストがあった。

「わあ、わざわざ作ってくれたんだ」

大好物に思わず蒼太は顔を輝かせた。

「まあな。同居初日だし、特別サービスだ」

ほら食おう、と促されてテーブルに座る。

フレンチトーストの隣には、大きなマグカップにミルク多めの甘くないミルクティ。ベビーリーフとトマトとモッツァレラチーズのサラダに、新鮮で艶々した苺《いちご》。

どれもこれも、蒼太の好物だ。

「光ちゃんのフレンチトースト久しぶりだ」

厚切りにしたフランスパンに一晩かけてじっくり卵液を染み込ませ、たっぷりのバターで焦げ目がつくほど焼いてある。

中はふわふわでとろり、外はカリッとしていて、これが実に美味《おい》しいのだ。

いただきますをしてから、とりあえずなにもかけずに一口食べてみる。

(うん、この味)

光樹自身が甘いものを好まないせいもあって、光樹のフレンチトーストは甘くなく、むしろバターのせいでしょっぱいぐらいだ。

光樹はそこにチーズやハム、黒胡椒《くろこしょう》等をトッピングして食べるのだが、甘党の蒼太はメイプルシロップをたっぷりかけるのが常だ。

テーブルに準備してあったメイプルシロップの瓶《びん》を浮き浮きと手に取ると、堅く封をされたままでまだ使われた形跡がなかった。

（そっか。光ちゃん、自分では使わないから、わざわざ新しく準備してくれたものなんだろう。

蒼太との同居が決まってから……）

光樹の優しい気遣いに、蒼太は小さく微笑む。

子供の頃から、いつも光樹は蒼太の為に先回りしてあれこれ気を遣ってくれる。

こんな風に嬉しいことのほうが多いけれど、一度だけ、余計な気遣いだとムッとしたことがあった。

『蒼太も男の子なんだ。そろそろひとりで留守番できるようにならないとな』

中学になったときのこと、唐突に光樹の部屋へのお泊まり禁止を言い渡されたのだ。

蒼太はムッとして、その後、光樹から拒絶されたような気分になって、恥ずかしながら泣きべそまでかいてしまった。

『泣くなよ。なにも来るなって言ってるんじゃない。今まで通り遊びに来てもいい。聡子叔母さんが夜勤のときには一緒に夕飯も食べよう。な？』

宥めるようにそう言われて、ほっとしたのを覚えている。

そして蒼太は、それからもずっと光樹の部屋に通い続けた。

通わなくなったのはここ一年程、杏里と一緒になって両親の再婚を進めはじめた頃からだ。

再婚するまではなんだかんだと忙しかったし、再婚後はいつも杏里と一緒だったから、なかなか遊びにこられなかったのだ。

（……もしかして、光ちゃんの生活が乱れたのって、そのせい？）

週に二、三度、蒼太と一緒に夕食を食べる習慣を止《や》めたせいで、時間の縛りがなくなった。それで徐々に生活時間帯がおかしくなったのではないだろうか。

光樹はひとりで仕事をしているから、勤務時間も決まっていない。寝食を忘れてずるずると仕事をし続けた結果、病院のお世話になる羽目に陥った可能性が充分にある。

思い上がりかもしれないけれど、もしもそうなら、この同居は光樹にとってもメリットがありそうだとほっとした。

（……昨夜のことは、どうしたらいいのかな）

いったいなにがあったのか、ちゃんと光樹に聞いたほうがいいのだろうか？

蒼太は目の前で食事している光樹をちらりと見た。

「ん、なんだ？　不味《まず》かったか？」

「ううん、凄く美味しい」

「そうか。よかった。——っと、そうだ。これからずっと一緒に暮らすんなら、とりあえず家事の分担を決めないとな」

「いいよ。全部俺がやるから。住まわせてもらうんだから、それぐらいやらないとね」

「馬鹿言え。おまえの両親からはちゃんと家賃と食費を貰ってるんだ。その上、全部の家事をやらせたんじゃ割りに合わないだろう」

「でもさ、光ちゃん。ぶっ倒れるほど仕事忙しいんだろ？　分担決めたとして、それ守れる？」

蒼太の指摘に、光樹は、ぐっと言葉に詰まった。

「……まあ、確かに、なんだかんだ言って、ずるずるとサボッちまいそうだな」

「だろ？　だから俺がやるよ。でもって光ちゃんは、手があいてるときにちょこちょこ手伝ってくれればいいからさ」

相談した結果、ホワイトボードを購入することにした。

そこに、二度手間にならないようイレギュラーで手伝った家事の内容とか、伝え損なったお互いの予定とかを書き込むことにする。

「よし、じゃあ今日はこれからホームセンターに行って、その後に一週間分の食料の買い出しをするか。——部屋の片付けは終わってるんだろ？」

「うん。昨日、杏里がてきぱき手伝ってくれたから」

蒼太は頷いた。

（……なんか、聞ける雰囲気じゃないなぁ）

光樹の態度は、昨日までとまるで変わらない。

あまりにも変わらなすぎて、昨夜のあの微《かす》かな記憶が現実なのかどうかわからなくなってくるほどだ。

だが、キスマークに見えるところは昨日の引っ越しでぶつけただけと説明することができても、このお尻の違和感だけはどうやっても説明がつかない。

（お酒のせいで、光ちゃんもなにも覚えてないってこと、あるのかな？）

ちょっと考えてみたが、さすがにそれはないような気がした。

光樹は昔からけっこうな酒好きだったけど、酔ってトラブルを起こした話は聞いたことがないからだ。

となると、覚えていて、その上で故意に昨夜の話題に触れずにいることになる。

このままなかったことにしたいのか。

それとも、あえて話題に乗せることもないと思っているのか……。

昨夜のあれが酒の上の失敗だったとしたら、光樹は黙ったままなかったことにしようとするような無責任な人じゃないと思う。

だから、たぶん正解は後者。

あえて話題に乗せることもないと思っているのだろう。

光樹ならば、ことに及ぶ前に、ちゃんと自分に意思確認を取ったはずだ。

（酔った勢いで、光ちゃんならいいよ～とかって俺が気軽に応じちゃったのかも……）

男相手にどうこうなんて、今まで考えたこともなかった。

それでも、昨夜のビジョンが甦ったとき、蒼太は気持ち悪いとは感じなかった。

むしろ、逆。

(光ちゃんなら、ありだ)

自分でもちょっとびっくりだが、これが偽らざる気持ちだった。

外見的には同性でも見とれるほどのイケメンだし、子供の頃から面倒を見てもらっていたせいもあって、身体に触れられることに対する嫌悪感も警戒心もまったくない。

いつもより甘く響く低い声、手首に触れる唇の感触。

そんな微かに甦った記憶でさえ、ぞくっと身体に甘い痺《しび》れが走るほどなのだから、気持ち悪かったり嫌なわけがない。

昨夜のことも、驚きはしたが、ダメージはまったくない。

だからこそ、もしも昨夜のうちにふたりの間でちゃんと話がついていたのだとすれば、ここでわざわざその話題を出すのは、やはり野暮な気がするのだ。

(これからずっと一緒に暮らすんだ。下手《へた》に突いて、初日からお互いに気まずい思いをするのは嫌だな)

光樹だって、そう思っているに違いない。

きっとあれは、酒の酔いに任せて起こした、一度きりのちょっとした悪いお遊びのようなもの。

だからこそ、あえてその話題に触れようとはしないし、思い出させるような態度もとらないのだろう。

蒼太はそんな風にひとりで結論づけた。

光樹がいつもと変わらない以上、自分もそれに従ったほうがいいと。

(それに、なんだか昨夜のことは、夢みたいで実感がないし……)

甦ったのは一瞬のビジョンだけ、それ以外のことは全然思い出せないまま。

この先もずっと従兄弟としてつき合っていくことになるのだから、生々しい性行為の記憶を無理に甦らせたりせず、ぼんやりとした断片的な甘い記憶のままにしておいたほうがいいような気がする。

(このまま、そうっとしとこう)

それが一番いい対処法のように蒼太には思えた。


そして、その日の夜。

記憶が曖昧《あいまい》でも、身体にはそれなりに影響があったようで、蒼太はいつもよりずっと早い時間帯に眠気を覚えた。

「明日から学校だし、そろそろ寝よっかな」

「まだ十時前だぞ」

おまえは小学生かと光樹が笑う。

「朝はひとりで起きられるのか？」

「当然。弁当だって作るよ」

以前から母親が夜勤で居なかったときもひとりで起きていたし、再婚してからは学校までの通学時間の都合もあって、いつもひとりだけ早く起きていたのだ。

さすがに朝が早すぎて今までは弁当を作る時間は取れなかったが、自転車で十分という通学時間になったこれからは、節約を兼ねて余裕で準備できる。

「光ちゃんは弁当いる？」

「いらないよ。明日は朝飯もいらない。おまえが起きる頃には、もう仕事に出てるから」

「そんな早くから仕事しなきゃならないもんなんだ」

「まあな」

それなりに地位も実績もある優秀な社員が、通勤時の電車内で痴漢行為を働いているようだという密告を受けた某有名企業が、真実を知りたいとその社員の素行調査を依頼してきたのだと光樹は教えてくれた。

「そういうのも光ちゃんの仕事なんだ。……本人に直接聞けばそれですむ話じゃない？」

「聞いたところで、その答えが真実とは限らないだろう？」

下手に言及して余計に事態が混乱したり、社内で噂《うわさ》になったりしても困る。

密告が真実なのか、それとも、その社員を落とし入れる為の悪意ある嘘《うそ》なのか。

そこら辺をはっきりさせる為に、先方はしっかりした証拠を必要としているのだ。

「痴漢してないって証明するのって難しくない？」

「そうだな。まあ、ぶっちゃけた話、今回のは九分九厘クロらしい。だから、調査にもそう時間をかけずにすみそうだ。楽な仕事で助かるよ」

「でも……でもさ、その調査の結果で、その人は会社をクビになっちゃうかもしれないんだろ？　そういうのって、なんか怖くない？」

自分の行為が他人の人生を大きく変えるかもしれないだなんて、蒼太からすれば、それはもの凄く怖いことのように思える。

「相変わらずの事なかれ主義だな」

光樹はそんな蒼太に苦笑する。

「この場合は自業自得だ。全然胸は痛まない。それに、そいつから痴漢される女性達のことを思えば、早めに手を打つべきだとは思わないか？」

「ああ、そっか……被害者がいるんだっけ……。確かに、痴漢されたのが杏里だったらって思ったら、俺もそんな呑気《のんき》なことは言ってられないか。——変なこと言ってごめん」

反省して素直に謝ると、謝らなくてもいいと光樹は軽く肩を竦めた。

「それにしても蒼太、おまえ、杏里ちゃんのこと本当に好きなんだな」

「うん。大好き。——あ、もちろん、恋愛とか、そういうの抜きだけど」

ふたりの仲がよすぎたせいで、今はこんな風に離れて暮らすことになってしまったけれど、家族であることに変わりはない。きっとこの先もずっと、杏里とはいい関係を築いていけるだろうなっていう確信が蒼太にはある。

「ああいう気の合う子が妹になってラッキーだったなって思うよ」

「そうか。よかったな」

「うん」

蒼太は迷わず深く頷いた。

その後、先にお風呂をもらって、リビングで酒を飲んでいる光樹におやすみなさいを言ってから、自分の部屋に戻った。

ドアを閉めた後で、ふと昨夜の微かな記憶が甦る。

(鍵……かけたほうがいいのかな)

光樹は今日もお酒を飲んでいる。

またあんな間違いが起きないよう、少しは用心すべきなのだろうか?

(でも、なんか嫌だ)

なにがどうなってあんなことになったのか、いまだに思い出せないままだが、蒼太自身がお酒を飲んで光樹にじゃれついたりしなければ、もう昨夜みたいなことは起きないような気がする。

元々、蒼太には部屋に鍵をかける習慣がない。

一緒に暮らしている相手をいつも信用しているからだ。

(鍵なんて必要ないか)

光樹を警戒するような真似《まね》はしたくない。

だから蒼太は、そのまま鍵には手を触れずに、ドアから離れてベッドに入った。


深夜、ふと目が覚めた。

(……あれ？　まだ夜中だ)

蒼太は部屋が暗いことに戸惑う。

普段から眠りは深いほうで、こんな風に中途半端な時間に起きることは滅多にない。

なんで起きちゃったんだろうと不思議に思いながら寝返りを打ち、もう一度目を閉じかけたとき、微かな物音が耳に届いた。

「え？」

それがドアの開く音だと悟って、蒼太はドアへと視線を向けた。

「……光ちゃん？」

常夜灯の微かな灯《あか》りの中、長身のシルエットが部屋の中に入ってくる。

(こんな時間になにしに来たんだろう？)

半ば寝ぼけたままでぼんやり考えていると、歩み寄ってきた光樹がベッドに腰を降ろして、ぎしっとベッドが軋む。

その揺れで、蒼太は一気に目が覚めた。

（な、なんで？）

昨夜の断片的な記憶が脳裏をよぎり、慌てて起き上がって身を引いた。

どん、と背中が壁にぶつかる音がする。

その音を聞いた光樹が、薄暗がりの中、悲しそうに眉をひそめる。

「……蒼太、俺が怖いか？」

蒼太は迷わず首を横に振った。

「怖くないよ」

小さな頃から大好きだった、優しくて面倒見がいい従兄弟。

蒼太にとっては、昔から無条件で信頼できる大好きな人だ。

昨夜の記憶がないだけに、なにがどうなっているのかわからず不安だけど、それでも怖いことなんてない。

「そうか、よかった」

光樹は微笑み、蒼太の頭に手を伸ばしてきた。

小学生の頃のように頭を撫でてくれるのかなと思ったのに、予想に反してその手は蒼太の後頭部を摑むと、ぐいっと力尽《ず》くで引き寄せてくる。

「――え？」

蒼太の唇に、光樹の唇が触れた。

予想もしていなかったこの不意打ちに、蒼太は驚き、呆然《ぼうぜん》とした。

そうこうしているうちに、もう片方の手で背中をぐいっと抱き寄せられ、そのままさらに深くキスされた。

（わわっ）

驚きはしたけれど、やっぱり嫌悪感はなかった。

ただ、触れ合った唇の柔らかさに戸惑い、生々しい舌の動きに慌ててしまう。

こんなキスははじめてで、どんな風にしていいのかがわからなくて困惑するばかりだ。

昨夜の微かな記憶を探っても、キスした場面は甦ってこないし……。

（ど、どうしたらいいんだろう）

戸惑っている間にいったん唇が離れ、再び角度を変えて深くキスされる。

「……んっ……」

舌を搦《から》め捕られ、口腔内をまさぐられると、我知らず鼻から甘い声が漏れた。

（……なんだろ、これ……。なんか、きもちいい）

巧みな舌の動きに、甘い感覚が身体の奥からぞくっと湧き上がってくる。

それは、昨夜の微かな記憶にも通じる甘い疼《うず》きだ。

気がつくと蒼太は、光樹の首に腕を絡めて、夢中でキスに応じていた。

と、不意に、触れ合っていた光樹の唇が離れる。

「昨夜、あれだけ出したのに元気なもんだな」

「……え？」

なにを言われているのかわからず、蒼太は首を傾げた。

「このままだと辛いだろう。出してやるよ」

光樹はそんな蒼太に微笑みかけながら、躊躇《ちゅうちょ》せず、直接蒼太の下着の中へと手を入れた。

「え、ちょっ、光ちゃ……。――あっ」

いつの間にか形を変えていたそれをきゅっと直接握り込まれて、蒼太はビクッと身体を震わせた。

「やっ……光ちゃん」

さすがにいきなりそこに触れられるのは抵抗があって、思わず光樹の腕を押しのけようとした。

が、そこを優しく擦り上げられ、刺激されている状態では手に力が入らない。

それどころか、気がつくと逆に光樹にしがみついてしまっていた。

「光ちゃん、あっ……そんな……駄目」

蒼太は迫《せ》り上がってくる快感と戦いながら、必死で声を絞り出す。

「心配するな。今日は挿《い》れないから……」

「え？」

「昨日の今日じゃ、まだ辛いだろうし、明日は学校もあるからな。——気持ちいいことだけしてやるよ」

呼気ごと耳に囁かれて、ぞくぞくっと甘く身体が痺れる。

（……昨夜の記憶と同じ声だ）

いつもより、ちょっとだけ低く響く甘い声。

微かな記憶の中、耳元で囁かれたのと同じ響きに、蒼太は真っ赤になった顔を光樹の肩に押し当てて隠した。

光樹は、そんな蒼太の反応を肯定と捕らえたようだ。

「照れてるのか？　可愛いな」

囁いて、蒼太の耳元にちゅっとキスをしてから、ぐいっと蒼太を押した。

「わっ。……ちょっ……」

思いがけない不意打ちに対処する間もなく、蒼太はぼふっとベッドに倒れ込む。

起き上がろうとするより先に、光樹の手が蒼太から下着ごとパジャマの下をはぎ取った。

放り投げられたそれを条件反射的に視線で追っている隙《すき》に、今度はすでに昂《たか》ぶっていたそれをいきなり熱いものが包み込む感触に襲われる。

びっくりして見ると、光樹がそれを思いっきり咥《くわ》えていた。

「え？　あっ……うそ……」

光ちゃん、だめ、と慌てて止めようとしたが、その行為のあまりの心地よさに気持ちが挫《くじ》けて、甘えたような掠《かす》れ声になってしまう。

「んあ……あ……はっ……」

熱い粘膜でそれを包み込まれ、唇で擦り上げられる。

視覚的にも感覚的にも刺激的すぎて、もうなにも考えられない。

気がつくとまるで引き寄せるように、光樹のさらさらの髪に指を差し入れていた。

そんな反応に気をよくしたのか、光樹の愛撫はさらに激しくなる。

ほとんど経験のない蒼太は、もうひとたまりもなかった。

「あ、あ……だめ、光ちゃん、もう……いっちゃう」

覚えのある感覚が迫り上がってきて、堪えきれずにぶるぶるっと身体を震わせる。

「——んんっ」

熱い奔流が身体から放たれる瞬間、その激しすぎる最上の快感に支配され、蒼太の意識は真っ白になった。

放心状態のまま、薄い胸を上下させて荒い呼吸を繰り返すばかりだ。

光樹は、そんな蒼太の身体を綺麗《きれい》にして、元通り服を着せてくれる。

タオルケットもきちんとかけ直し、来たときのようにベッド脇に腰かけて、宥めるように優しく蒼太の髪を何度も撫でた。

（……これ、懐かしい）

小学生の頃、寝つけない夜にこうして撫でてもらったことが何度もある。

安心できる優しい手の感覚が心地いい。

出したせいもあって、蒼太はとろとろと心地好《よ》いまどろみを感じはじめていた。

「……光ちゃん」

ぼんやりしたまま、なんとなく子供の頃のように甘えた気分になって光樹の名を呼んだ。

「気持ちよかったか？」

微かに笑みを浮かべた光樹に聞かれて、蒼太は素直に頷いた。

「そうか。……もう寝ろ。寝つくまでここにいてやるから」

大きな手の平が目を覆う。

どうしてこんなことをするのか？

自分が覚えていないだけで、ふたりの間で、なにか約束事が交わされているのだろうか？

聞かなきゃいけないことは沢山《たくさん》あるはずなのに、急激に襲ってきた眠気に思考が停止する。

瞼《まぶた》を覆う優しい手の感覚に、蒼太は安心しきって眠りに落ちていった。

2

かつて蒼太は、やんちゃな乱暴者で、それはそれは我が儘な子供だった。

そんなだから、通っている幼稚園ではちょっとしたことで友達と喧嘩になったり、玩具《おもちゃ》を友達から強引に奪い取ったりと問題を起こしてばかり。

困ったことに、蒼太の実父は男の子は元気がいいのが一番だという人だった。問題を起こす度にむしろよくやったと誉《ほ》めてくれたものだから、蒼太は余計に増長していたのだ。

だが、幼稚園側や保護者から直接注意される母は、それではたまったもんじゃない。お友達と喧嘩しちゃ駄目でしょと蒼太を叱《しか》り、蒼太を誉める夫に対しても、蒼太が調子に乗るから誉めないでと叱った。

その結果、母にベタ惚《ぼ》れだった父は即座に全面降伏して謝り、それを見た蒼太はというと、自分のせいでお父さんが叱られたんだと変な風に反省して、もうしませんと謝ることになる。親子ふたりでしょんぼり萎《しお》れるのを見た母が、しょうがないわねと許してくれるのがいつものパターンだ。

家には大きな子供と小さな子供がいるみたいだと母は笑い、母が笑うと父も笑顔になる。そんな両親に挟まれた蒼太も、もちろんご機嫌だ。

いつも家の中には明るい笑顔が溢れていて、幸せな家族だったと思う。

だが、突然の父の事故死がそれを変えた。

五歳とまだ小さかった蒼太は、死という概念をうまく把握しきれていなかった。

ただ、もう二度と大好きだった父には会えなくなったってことだけはわかっていて、その理不尽さに怒りを感じていた。

いつも苛々して不安定で、そのどうにもならない怒りをそのまま周囲に向けた。

その結果、またしても幼稚園でトラブルを起こし、母が注意を受けることになる。

きっとまた怒られると蒼太はふて腐れていたが、予想に反して母は、お友達を泣かせちゃ駄目よと言葉柔らかに注意しただけで怒ろうとはしなかった。

蒼太が不思議がると、母は言う。

『誉められずに、ただ怒られるだけなんて嫌でしょ？』

そんな母の口元には、ひどく寂しそうな笑みが浮かんでいた。

以前のような朗らかさがまったく感じられないその微笑みは、怒られるよりも、もっと深い痛みを蒼太に与えた。

（……お父さんが、ここにいたらいいのに……）

そうしたら、母はこんな寂しそうな顔をしない。

怖い顔で怒っても、すぐにしょうがないわねと許してくれて、いつものように朗らかに笑ってくれるはずだった。

でも、蒼太と一緒に怒られてしょんぼりしてくれる父はもうここにはいない。

三人で笑い転げていたあの幸せな時間も、父と共に失われて、もう二度と戻ってはこない。

失われたのは父の存在だけではなかったのだということを　蒼太はこのときはじめて理解した。

その途端、涙がぼろぼろ溢れ出たのを覚えている。

『お母さん……ごめんなさい』

蒼太は、泣きながら母に謝った。

父がいない以上、母を怒らせることができるのも、笑わせることができるのも、もう自分だけ。いつものように反省して謝れば、きっと母も笑ってくれると考えたのだ。

父の笑顔が失われた今、母の笑顔まで失ってしまうのが怖かった。

ほんのひとかけらでもいい。

以前の幸せを、ここに留めて置きたかった。

だが、しょせん子供の浅知恵だけにうまくはいかない。

『蒼太。……泣かなくていいのよ。ね？　お願いだから、泣かないで……』

泣きじゃくる蒼太に、母もまたぼろぼろと涙を流した。

『蒼太に泣かれたら、お母さんも悲しくなっちゃう』

ぎゅうっと涙を流す母に抱き締められて、蒼太は悟った。

（そっか……。僕が泣いたら、お母さんも笑えないんだ）

だから、その日から蒼太は母の前では泣かなくなった。

母を困らせない為に、幼稚園でも乱暴な真似を控えるようになった。

いつも朗らかに微笑んで、トラブルを起こさないように気を遣った。

そして徐々に、いつでもどこでも誰とでも、うまくやっていけるような自分になろうと心がけるようになったのだ。

その甲斐あって、今の蒼太は、いつも朗らかで明るく気さくな奴だと人から言われるようになっている。

蒼太自身は、そんな自分に満足しているのだが、光樹は違うようだ。

——なんでそう事なかれ主義なんだ？　それに、空気読み過ぎだ。

よく蒼太に向かってそんなことを言う。

馬鹿にしているわけじゃない。

かつて蒼太がやんちゃで我が儘な子供だったことを知っているし、光樹にだけはたまに愚《ぐ》痴《ち》を零すことがあるから、今の蒼太が自分を抑えすぎているんじゃないかと心配してくれているんだろうと思う。

（別に、無理して我慢してるわけじゃないのにな）

最初のうちは、理不尽な目に遭うと、それこそ唇をぐっと噛《か》みしめて、どうにもならない腹立たしさや悔しさに堪えていたものだが、今では腹立たしさも悔しさもそんなには感じなくなった。

腹を立ててもしょうがないと受け流したり、どうにもならない苛々を解きほぐすコツみたいなものを覚えたからだ。

それに蒼太の側には、最後の砦《とりで》として、愚痴を零すことのできる光樹がいてくれる。

そんな安心感もあって、怒りに堪える暇があったら、事態を丸く収める方法を考えたほうが得策だと思えるようにもなっていた。

そのほうがずっと効率的だし、ずっと早くみんなも笑顔に戻れる。

しょうがないと受け流す度に、ほんの少しだけ自分の心が削れていっているような気がするけれど、角が取れて丸くなっていっているのだと思えなくもない。

(今の俺が俺なんだから、これでいいんだ)

削れてしまった心は、もう元には戻らない。

自分はこうして少しずつ大人になっているのだろうと蒼太は思っている。

ただ、事なかれ主義で空気を読み過ぎることの弊害が確かにあるってことを、最近身に染みて感じてはいる。

(やっぱり、最初にちゃんと聞いとくべきだったな)

光樹と同居してから、もう一年が経《た》った。

特にトラブルもないままに日々は過ぎ、蒼太は無事に高校三年生になった。

人生の重大なイベントとも言える大学受験を控えた身ではあるが、志望校を無難なレベルに設定しているのでさして緊張感はない。

両親の夫婦仲は良好だし、杏里とは以前にも増して仲良しだ。

そんな平穏な日常の中、蒼太はずっと密《ひそ》かに光樹に抱かれ続けていた。

光樹は、いつも蒼太が寝入った後に部屋にやって来て、当然のように身体に触れてくる。

最初のうちこそ蒼太も緊張して硬くなっていたが、光樹に触れられることに嫌悪感がない上に、それがこの上もなく気持ちいい行為だと知ってしまった今では、ごく自然に身体を開くようになっていた。

はじまりは、いつも夢うつつ。

ことがすむと眠くなってしまう蒼太は、終わるとすぐにこてんと寝てしまう。

そして翌朝起きると、光樹はもう隣にはいない。

そのせいか、なんだかなにもかもすべてが、夢の中の出来事のようだ。

(光ちゃんの態度もなにも変わらないし……)

普段一緒にいるときの態度は、以前と同じで仲のいい従兄弟のままだ。

ベッドの中以外では、セクシャルな関係を匂わせるような言動は一切ない。

もちろん、ふたりの間に恋愛とか、その手の甘い空気が流れることもない。

（……ってことは、やっぱりお互いに処理しあおうって話だったのかな？）

はじめてふたりが関係を持った夜、蒼太は酔っぱらっていて前後不覚だった。

いまだにあの夜、ふたりの間になにがあったのか、どんな約束が交わされたのか、まったく思い出せないまま。

たぶん、あの夜、お互いに割り切って性欲処理をしあおうってことで話がついているんじゃないかとひとりで推測している状態だ。

光樹にそれをはっきり確かめたことはない。

確かめずとも、ふたりの間で間違いなくなんらかの話がついていることは、とりあえず蒼太的には確かなことだったから……。

（今になって、俺がなにも覚えていないって知ったら、光ちゃんショック受けるだろうし）

なんの覚悟もない従兄弟に、今まで自分は手を出していたのかと……。

それに、おまえはいったいどういうつもりで今まで俺に抱かれていたんだと、逆に怒られて詰問されそうな気もする。

その場合のうまい答えが、困ったことに蒼太にはない。

（……なんとなく……って言ったら、やっぱり空気読み過ぎだって呆《あき》れられるだろうなぁ）

はっきりとどういうことなのかと聞くのがためらわれたのは、やっぱり身に染みついた空気を読み過ぎる癖と、事なかれ主義のせいなんだろう。

自分の胸ひとつに収めておけば平和な日々が続くのならばそれでいい。

そんな風に、なし崩し的にずるずると続いてしまった、ふたりだけの秘密の関係。

もちろん、嫌じゃなかったからこそ、こうして続いているのだ。

光樹が与えてくれる快楽は、ちゃちな自慰しか知らなかった蒼太には圧倒的だったし、どんな形であれ、自分は大好きな従兄弟から必要とされているのだという実感が得られるのも悪くなかった。

だから、蒼太的には今の関係に特に不満はない。

(ここでの生活も快適だし)

最初の約束通り、家事は蒼太メインでやっているが、思った以上に光樹は手伝ってくれている。

日中暇だったからと掃除をしてくれたり、たまった事務仕事や報告書作成の片手間に時間のかかる煮込み料理を作ってくれたりもする。

「ひとり暮らしだと、どうしても色々適当になっちまうからな。おまえが来たお蔭《かげ》で、人間らしい生活をするようになったよ」

食事も睡眠も人並みに取るようになって、すっかり健康体になったと光樹は言っている。

蒼太としては、自分の存在が役に立っていることが素直に嬉しい。

実家のほうには、最初の頃は週末ごとに帰っていたが、それが徐々に二週に一回になり、今では一ヶ月に一回帰るかどうかかって感じだ。

高校三年になったことだし、そろそろ受験勉強に本腰を入れる為だと家族には告げている。

高校三年になってすぐ、蒼太は有名進学塾の名物講師である光樹の兄の和利《かずとし》から、うちの塾に入れと誘われていたのだが、それを断っていた。名物講師の従兄弟という立場で塾に通ったりしたら、他の生徒達からの風当たりが強くなるような気がしたからだ。

それに、志望校は余裕で合格圏内だったから、わざわざ塾に通う必要もなかった。和利にそれを言ったら、それなら夏休みが明けたあたりで個人的にちょっとした模擬テストを受けろと言われてしまった。そのテストの結果が悪かったら、強制的に塾に通わせると……。

(母さんは、和ちゃんの口車に弱いし……)

うっかりすると本当に塾に通わされることになりそうだ。

それが嫌な蒼太は、現在ひとりで地道に受験勉強に励んでいる。

でもふと、塾に入りたくないが為に勉強するなんて、なにか矛盾しているような気がしてきて、いっそ思い切って塾に通ったほうがまっとうだし効率的なんじゃないかと考えて、光樹に相談してみたりもした。

『いいから、このまま大人しく家で勉強しとけ。兄貴の塾に通ったら、間違いなく受験する大学のレベルをガッツリ上げられて、えらい目に遭うぞ』

本まで出版するぐらいに塾講師としての自分の能力に自信満々な和利のことだから、蒼太のことを、自分の推奨する勉強法の正しさを証明する為の実験台にするに違いない。

そう光樹が断言するので、冗談じゃないと蒼太は本気でびびっている。

実家にもそのことは説明しているから、家に帰る頻度が減ったことに対してあまり文句を言われることはない。

そのことに、蒼太はちょっとほっとしていた。

(和ちゃんのお蔭って言ったら変だけど……)

受験勉強の為だなんて、本当は嘘なのだ。

蒼太自身が、なんとなく家に帰りたくないと思っているだけ。

最初のうちは家に帰っても特になにも感じなかった。

だが、別居して三ヶ月も過ぎた頃から、蒼太は家にいると疎外感を感じるようになった。

家族にとって、自分が不在の状態が日常になってしまったせいだと思う。

(どうしても、お客様みたいになっちゃうんだよな)

杏里とは毎日携帯でメールをやり取りしているから距離感はあまり感じないのだが、家族単位となるとまた話は別だ。

久しぶりに帰った蒼太を、みんな大事にしてくれる。

以前のように家事を手伝おうとしても、いいから座っててと言われるし、無理に手伝おうとすると、以前とは微妙に掃除用具やお皿の置き場所が違っていて戸惑う羽目になる。

食事時に、蒼太が知らない、一緒に暮らしている家族にしかわからない話題が出ることもある。

そういうときは遠慮せずに、どういうこと？　と詳しい話を聞くようにはしているけれど、それでもどうしても疎外感や寂しさは感じてしまう。

自分が不在の状態が家族にとっては普通の日常で、その状態ですっかり家族としての形が出来上がってしまっているのだと……。

（でも、俺が望んだことだから……）

義父の葛藤《かっとう》を知った蒼太は、自分が家を出ることが一番いい方法だと考えて実行した。

そのことに後悔はないし、間違った真似をしたのだとも思っていない。

遅かれ早かれ、いつかは親離れする日は来る。

それが少し早まっただけなのだから……。

（ただ、な〜んか不安定なんだよなぁ）

実家に帰ればお客さん扱い、そして光樹のマンションでの立場は居候。

安定した居場所がないみたいで、なんだかひどくふわふわした感じがある。

ここが自分の居場所だと安心できる場所がないことが、ほんのちょっとだけ寂しかった。

★

学校帰りに買い込んできた食材を片手に持って、蒼太は光樹のマンションに帰った。

私服に着替えてから、ダイニングキッチンへ行って食材を冷蔵庫に入れていると、木製の仕切り扉の向こうから、妙にヒステリックな女性の声が聞こえてくる。

(お客さんが来てるんだ)

本来、光樹の住居と事務所は隣り合った別々の部屋だったのだが、いちいち外廊下に出て行き来するのが面倒臭いと、光樹が勝手に壁をぶち抜いて、木製の仕切り扉で区切ってしまったのだ。

自分の親が所有している物件だからといって好き勝手し過ぎだと、和恵伯母は怒っていたようだが……。

『ですからね、あの子の失踪には絶対に嫁が絡んでるんです！　あの子が私になにも言わずに姿を消すはずがないんです。もしかしたら、殺されているのかも……』

(うわ～、物騒)

こっそり盗み聞きしていた蒼太は思わず首を竦めた。

とはいえ、不思議と緊迫感はない。

女性の声の調子があまりにもヒステリックすぎて、事態を過剰に表現しているだけなんじゃないかって気がするからだ。

（個人客っぽいな）

光樹の顧客は基本的に企業ばかりで、個人客は相手にしていない。

仕事をはじめたばかりの頃、光樹がイケメンで好感度も高いせいか、女性の依頼人から一方的に好意を寄せられて、それがトラブルに発展することが何度もあったとかで、もう個人客は懲《こ》り懲りなのだそうだ。

声の主は扉のこっち側が住居だとは知らないし、仕事の依頼を聞かれているとも思ってはいないだろう。

蒼太は向こうに自分の存在を気づかれないようにと、物音を立てずにそうっと動いた。

ホワイトボードを見ると、夕方から夜にかけて尾行予定と光樹の字で書いてある。

（ってことは、このお客さんが帰ったら、すぐに出掛けるのかな？）

手早く食べられるものをと、ピザトーストを焼くだけの状態にしてオーブントースターにセットしてから、冷凍庫からスープストックを出して肉団子入りの野菜スープを作る。

光樹が外食予定ならば、これが全部、自分の夕食になるだけだから無駄にはならない。

準備を終えて珈琲《コーヒー》を淹《い》れていると、仕切り扉が開いて光樹がやってきた。

「おう、蒼太、おかえり」

「ただいま〜。尾行しに行く前に、軽くなんか食べてく？　五分でできるよ」

「食べる。助かるよ」

「任せといて」

鼻歌混じりに準備を整えていると、テーブルに座った光樹がやけに深い溜め息をついた。

「光ちゃん、疲れてる？」

「ああ、精神的にな」

「もしかしなくても、さっきのお客さんのせい？　なんか物騒な話してたみたいだけど」

「……聞こえてたか」

「あのキンキン声じゃね。――聞いた感じ、個人客だったみたいだけど、仕事受けたの？」

「ああ。イレギュラーだが受ける」

さっきの女性は、以前から何度も信用調査を依頼されたことのある会社社長の母親なのだと、光樹は言った。

連絡がつかなくなった息子を心配して会社に乗り込み、デスクを勝手に荒らしたときに、光樹の名刺を見つけたのだろうと……。

「その社長さん、失踪してるのは確かなんだ」

「ああ。だが、たぶんあれは母親が心配してるようなことじゃないんだ。余所《よそ》で調査されて、そのまま彼女に報告されると、色々とまずいことになるから、俺が一肌脱ぐしかないだろうな。あの会社にはよく仕事を貰ってるし……。ただ、今はけっこう仕事が詰まってて、しんどいんだよなぁ」

「なかなかうまくいかないもんだね」

調査事務所なんてものは依頼主がいなければ成立しない仕事だから、仕事量にはかなり波がある。半月ぐらい仕事がなくてぼうっとしていることもあれば、それこそ不眠不休で働かなきゃならないこともあるのだ。

ここ最近は忙しさのピークが来ているようで、光樹とゆっくり話をする時間もない。

「俺に手伝えることとある？」

「ない。受験生は勉強してろ。どうにもならなくなったら、いつものところにヘルプを依頼するさ。……蒼太、尻になにつけてるんだ？」

出来上がった料理を運ぶ為に、キッチンカウンターとテーブルを往復していた蒼太に、光樹が聞いた。

「え？　ああ、これ？　――新しい携帯ストラップだよ」

最後にふたり分の珈琲を運び、ジーンズのポケットから携帯を取り出してテーブルに置く。

「クラスメイトから貰ったんだ。手作りなんだって」

ストラップはパンダの編みぐるみで、パンダの黒い部分をブルーの毛糸で編んであり、その両手にはピンク色のハートを抱えていた。

写メを送った杏里には、すっごく可愛いと好評だった。

「女の子からのプレゼントか……。ハートつきとはおやすくないな」

「そんなんじゃないよ」

以前、学校から帰る途中で、大きな荷物を持ってよろよろ歩いているそのクラスメイトを見かけた。手芸部だという彼女は、部活で使いたい布等が安売りしていたとかでついつい大量に買ってしまったのだと言う。

それがあまりにも重そうで見ていられなかった蒼太は、荷物運びを手伝って学校までもう一度戻ったのだ。

「そんときのお礼なんだって。市販されてるのを真似て作ったって言ってたから、このハートに特別な意味なんてないよ」

食事をはじめた光樹の向かい側に座り、珈琲を飲みながら説明する。

「ふうん。まあ、女の子に親切なのはいいことだ」

「うん。杏里にもいいことしたって誉められた」

「おまえ、杏里ちゃんにそんなことまで報告してるのか？」

光樹は呆れたような顔になる。

「まあね。毎日メールしろって言われてるんだけど、さすがにネタがなくてさ。女の子って、なんであぁ次から次へとメールのネタがつきないんだろ？」

「俺達とは着眼点が違うんだろ。特に女子高生なんて、なんでも面白い年頃だろうしな」

「それはあるかも。メール読んでも、なにが面白いのか、ちっともわからないときもあるし……」

でも、杏里が楽しそうなのはよくわかるから、とりあえずよかったねと返信している。

それを光樹に言うと、「おまえみたいなのは、女の子にもてるだろうな」とからかわれた。

「ちっとももててないよ。気安く話せる分、友達止まりって感じ？」

「そうか？」

「そうだよ。もうちょっと身長伸びれば、また変わるのかもしれないけど……」

残念ながら蒼太の身長は、高校生になってから伸び悩んでいる。

最近では、杏里に身長を越されてしまいそうで、ちょっと焦っていた。

「早く伸びないかな」

蒼太がぼそっと呟くと、「あんま期待しないほうがいいぞ」と光樹がひどいことを言う。

「なんで？」

「死なれたときに小さかったからあんまりわかってなかったのかもしれないが、おまえの親《お》父《や》さん《じ》、かなり小柄な人だったからな」

「ほんと!?」

「ああ。確か、俺の鼻先ぐらいまでしかなかった」

「そう言われてみれば……」

仏壇に飾られていたバストショットの父の写真は日常的に見ていたが、アルバムの写真は見ると楽しかった頃の思い出が甦って来そうだから、ずっと開かないままだった。

だが、記憶の中で並んで立っている両親の身長差は、確かにほとんどない。

「でもさ、母さんのほうの血筋は、光ちゃんもそうだけど、みんな背が高いじゃんか。そっちの遺伝で背が伸びるってこともあるんじゃない？」

「どうかな？　ちなみに俺が一番背が伸びたのは高校時代だったぞ。兄貴もそうだ」

「……その情報、あんまり知りたくなかった」

残りはあと半年ちょっと。

かなり望み薄だと、蒼太はがっくりうなだれた。


「もう十二時か……」

受験生らしく勉強をしていた蒼太は、時計を見て軽く伸びをした。

対象が自宅に帰るまで尾行する予定だとかで、光樹からは帰りはいつになるかわからないと言われている。

こういう場合、朝帰りになることもあるから、帰りを待ったりはしない。

のんびりお風呂に入って、誰にともなくおやすみなさいと呟いてから眠りに落ちる。

それからしばらくして、ドアが開く微かな音に、ふっと意識が浮上した。

（……なんで光ちゃん、いつもドアをノックしないんだろう？）

半ば寝ぼけたまま、そんなことを思う。

夜にこうして訪れるときはもちろんのこと、普段も光樹はドアをノックしない。

急にドアを開けられても困ることはないから別に気にしてはいなかったけれど、よくよく考えるとなんだか奇妙な感じがする。

（マナーとかには、うるさかったはずなのにな）

蒼太が子供の頃から、大人になってから恥をかくのはおまえなんだぞと、無作法な真似をするとよく注意してくれていたのに……。

ぼんやりとそんなことを考えていると、ベッドの中に光樹がそうっと入ってきた。

シャワーを浴びた直後らしく、いつも使っているボディソープの香りがする。

「……するの？」

壁を向いて横向きに眠っていた蒼太は、寝返りを打って光樹に向き直ろうとしたのだが、
光樹の腕がそれを止めた。

「いいから、そのまま寝てな」

光樹は蒼太を背後からやんわりと抱き締めると、その髪にそっとキスをする。

「……ん」

まだぼんやりしていた蒼太は素直に頷き、また目を閉じた。

そのまま眠ろうと思ったのに、なかなか眠りが訪れない。

髪に感じる微かな光樹の呼気や身体にかかった腕の重み、そして背中からじんわりと伝わってくる体温が徐々に気になってきて、逆に目が冴《さ》えてしまう。

(こういうの、はじめてだ)

なにもせずに、ただ抱き締められて一緒に寝るだけなんて……。

(変な感じ……)

なにもする気がないのなら、なぜわざわざこっちの部屋に来たんだろう?

蒼太のベッドはシングルだから、ふたりで寝るにはどうしたって狭い。

今みたいにぺったりくっついていないと、はみ出してしまう。

ゆっくり身体を伸ばせなければ、仕事の疲れだって取れないだろうと思うのに……。

(俺だって落ち着かないし……)

背中から伝わってくる体温が気になる。

自分が寝返りを打つと、その流れで光樹がベッドから落ちてしまうんじゃないかと心配で身体が固まり余計に目も冴える。

光樹はといえば、どうやら眠ってしまったらしく規則正しい寝息をたてていた。

蒼太の髪に顔をうずめたままだから、髪越しにその呼気の温《ぬく》もりが伝わってくる。

(こんなの……気になって眠れないよ)

普段光樹と身体を寄せ合うのは抱かれているときだけだから、伝わってくる温もりに妙に身体が火照《ほて》ってくる。

蒼太は、我慢できずに、ほうっと深く息を吐いた。

せめて頭だけでも離そうと、もぞもぞと身動きしたら、それが気になったのか、じっとしてろと言わんばかりに、身体に巻き付いた光樹の腕に力が入ってがっちり拘束された。

「光ちゃん？」

起きたのかなと思って、そっと声をかけてみたが返事はない。

ぐっすり眠っているのならば起こすのも可哀想な気がする。

（……しょうがないか）

すっかり抱き枕状態で拘束されてしまった蒼太は、寝るのを諦《あきら》めてただ目を閉じた。

（昔、一回だけ、こんな風にぎゅっと抱き合って寝たことがあったっけ……）

あれは蒼太が小学二年になったばかりの頃。

出産と同時に仕事を辞めていた母が看護師として復職し、はじめての夜勤の日、蒼太は母の実家に預けられた。

お盆や正月に何度も泊まっていたから、お泊まりは慣れっこだろうし、面倒見のいい光樹も一緒だから大丈夫だろうと周囲は安心していたようだが、蒼太自身は違っていた。

それまではいつも家に居てくれた母が仕事をはじめ環境が変わってしまったことで、それ

なりにストレスを抱えていて、普段からひどく落ち着かない気分だったのだ。

それでも、母の為にも周囲にそんなことを気づかれてはいけないと普段通りに振る舞っていたが、夜になって布団にくるまると同時に気が緩み、とうとう泣きだしてしまった。

声をたてたら気づかれると、必死で嗚咽《おえつ》を押し殺していたのだが、すぐ隣で寝ていた光樹がそれに気づいた。

「蒼太、どうした？」

泣くなよと抱き寄せられて、よしよしと頭を撫でられた。

「無理することないんだぞ。お泊まりが寂しいんなら、聡子叔母さんにちゃんとそう言え」

「い……いわない」

それまで蒼太達親子は、父の保険金と母の実家からの援助で生活していたが、いつまでもそんなことを続けていられるわけもなく、どうしても母が外に出て働く必要があったのだ。

当時はまだそんな事情がちゃんとわかってはいなかったが、自分が我が儘を言えば母を困らせるだけだってことぐらいは子供心にもわかっていた。

お母さんを困らせたくない、お願いだから泣いてたことは誰にも言わないでと、泣きじゃくりながら訴える蒼太を、光樹はただ黙って抱き締めてくれていた。

（昔から、光ちゃんにだけは誤魔化しがきかなかったっけ……）

どんなに強がっても、光樹にだけはその裏の気持ちがばれてしまう。

だから蒼太も、光樹にだけは自分の中で消化しきれない愚痴を安心して零すことができる。愚痴を零すぐらいなら問題を解決する為に行動しろと光樹は言うけれど、もめ事を起こしたくない蒼太は決して頷かない。

今の自分の気持ちを優先するよりも穏やかな現状を維持することを望むし、我慢してさえいれば自然に状況が好転することだってある。

どうにもならない場合は、無理に問題にぶつかったりせず、とりあえず避けたり逃げるようにするのが常だ。

そんな蒼太に光樹は、事なかれ主義だの空気読み過ぎだのと文句を言いながらも、しょうがないなと言わんばかりにくしゃくしゃと頭を撫でては一時の慰めを与えてくれる。

（今のこれも、そうなのかな？）

光樹の目には、今の自分がなにか無理をしているように見えるのだろうか？

それで、こんな風にただ抱き締めてくれているのだろうか？

（でも、これじゃ、逆効果だ）

表面上は変わらずに振る舞っているけれど、実際のところ、肉体関係を持ってしまったことで、ふたりの関係は昔とはやっぱりほんの少し変わってしまっている。

少なくとも、蒼太のほうはそうだ。

（……落ち着かないよ）

身体に絡みつく腕が、髪にかかる呼気が、抱かれる夜を連想させて、蒼太を落ち着かない気分にさせる。

ほんのちょっとしたきっかけでも、身体にスイッチが入ってしまいそうで怖い。

(光ちゃんは平気なんだな)

だから、こんな状態でも平気で眠れるんだろう。

蒼太は溜め息をついて、身体に巻き付いた光樹の腕にそっと手を重ねてみる。

抱き締めてくれる腕の優しさを素直に受けとめることができなくなってしまった自分に、軽い自己嫌悪を感じながら……。


眠れないと思っていたはずなのに、気がついたらぐっすり寝入ってしまっていたようだ。

目が覚めるともう朝で、家の中に光樹の姿はなく、キッチンのホワイトボードを見ると、早朝から張り込みだと書いてある。

(光ちゃん、何時間ぐらい眠れたんだろう?)

昔と違って今はちゃんと食事もとっているし、一日や二日寝不足だからって体調を崩したりはしないとは思うが、少し心配だ。

蒼太自身は、授業中に居眠りすることもなく、無事に一日を終えることができた。

（まあ、そうだよな。エッチしたわけじゃないし……）

肉体的な疲労はなく、普段より一時間ばかり睡眠時間が短い程度だ。

光樹と関係を持った翌日は、午後の授業中に眠気に襲われたり、友達と話している最中にわけもなく疚《やま》しい気分になったりするけど、今日はそれもない。

ただ、ほんのちょっとだけ胸の奥がもやもやしている。

昨夜、光樹から伝わってきた体温がずっとそこに留まっているような、妙にじりじりとした感覚でどうもすっきりしない。

（体調悪いってわけじゃないんだけど……）

基本、健康優良児の蒼太はもやもやする胸をさすりつつ首を傾げる。

学校が終わり、いつものように足りない食材を買ってから家に帰ると、玄関に小汚い大きなスニーカーが脱ぎ捨てられていた。

「ただいま～。――竜《りゅう》ちゃん、来てる？」

家の中に声をかけると、「おう、おかえり」とキッチンのほうから声が聞こえた。

声の主は東條竜一《とうじょうりゅういち》、明るく大柄な男で、光樹の子供時代からの親友だ。

その縁で、よく光樹に遊んでもらっていた蒼太とも子供の頃から面識がある。

「いらっしゃい。光ちゃんは？」

「あの野郎、人を呼びつけといて、まだ出先から戻ってねぇよ」

竜一が不満そうな声で答える。

古ぼけたポロシャツにジーンズとやたらとラフな格好をしている竜一だが、大学時代には某有名大学のラグビー部に所属していた花形選手で、卒業後は一流企業に就職した正真正銘のエリートでもある。

その当時は身形《みなり》も言動もビシッとしていてそりゃもう格好よかったものだが、就職した先の会社で上司の失敗を押しつけられていきなり解雇され、エリートでないあなたにはなんの魅力もないと結婚したばかりの妻にも逃げられて、やってられねぇとばかりに、いろんな意味でぷっつん切れて壊れてしまったのだ。

もう他人の下で働くのは真っ平だとなんでも屋を開業し、現在ではバイトを何人か雇って、それなりに手広く仕事をしているようだ。

引っ越しから後ろ暗い取引の手伝いまで、その仕事内容は多岐にわたり、光樹が忙しいときなどはヘルプとして手伝ってくれていて、そのせいもあって光樹の事務所兼自宅に出入り自由となっている。

「光ちゃん、かなり忙しいみたいなんだ。勘弁してやってよ。——なに食べてるの？」

勝手知ったる他人の家とばかりに、竜一は自分で珈琲を淹れて、ダイニング側のテーブルに座ってなにやらケーキらしきものを食べている。

「チーズケーキだ。冷凍庫に入ってたから貰った」

「えっ‼　嘘！　それ杏里の手作りなんだよ。最後の一ピースだったのに！」

先月帰ったときにお土産にワンホール貰って、小分けにしたものを冷凍して少しずつ大事に食べていたのだ。

「あの美少女の手作りケーキか」

がっかりする蒼太を尻目に、杏里のファンだと公言している竜一は、にんまり笑って最後のひとかけらを口に入れた。

「最近はどうだ？　変な奴にまたつきまとわれてないか？」

「大丈夫。あれ以来、その手のトラブルはないって」

「そりゃよかった」

以前、杏里がストーカー被害に遭ったとき、まず最初に光樹に相談したら、その手の仕事は竜一が得意だと言われて、なんでも屋としての竜一に助けを求めたのだ。

その結果、竜一は三日でストーカーを撃退することに成功。

なにをどうやったのかと聞いたら、ストーカーが杏里にしていることを、そのままやり返してやったのだとか。それに特別オプションとして、ストーカーが暮らす部屋の窓を一晩中じいっと見上げるという不気味な真似もつけくわえたらしい。

大柄な男につきまとわれる恐怖に怯《おび》えたストーカーが、部屋から一歩も出られなくなってしまったところでネタ晴らし。その結果、ストーカーされる恐怖を身をもって知ったその男は、素直に反省して二度と杏里にはつきまとわないという誓約書を書くに至った。

「もしまた似たようなことがあったら、いつでも俺に頼れって杏里ちゃんに言っとけ。うまいケーキのお礼にただで仕事してやるよ」

「わかった。伝えとく」

（相変わらずのお人好しだなぁ）

前回も、両親には内緒の依頼なのだと話すと、未成年から金は取らない主義だと言い出してただ働きをしてくれた。

気のいい男なのだ。

「夕ご飯、一緒に食べてく？」

「いや、光樹が戻ったら、そのまま仕事に出るから夕飯は外だな」

「光ちゃんも一緒？」

ホワイトボードを見ると、確かにそういうスケジュールが書いてあった。

「今日もひとりか……」

がっかりした蒼太は、椅子に座って、そのままテーブルにぺたあっと突っ伏した。

「最近、光ちゃんやたらと忙しくて、一緒にご飯食べれてないよ」

「ひとり飯が嫌なら、家に帰ればいいだろ。滅多に帰らないって光樹が気にしてたぞ」

「そうなんだ……」

（昨夜のあれは、そのせいかな）

家に帰りづらいと感じている蒼太の気持ちを、光樹は気づいているのかもしれない。

慰めようとしてくれたのかもしれないが、もう子供じゃないんだから効果はゼロだ。

（心配してくれるのは嬉しいけどさ）

突っ伏したまま、ぐずぐず考えていると、頭の上で竜一が言った。

「蒼太、それ、どうした？」

「どれ～？」

「首の後ろ。赤くなってるぞ。ぶつけるにしちゃ変な場所だな」

ここんとこ、と竜一の指が首を突く。

「え？」

そんなところをぶつけた覚えはない。

痛くも痒くもないから虫さされでもないだろう。

可能性として考えられるのはひとつだけ。

（光ちゃんだ！）

蒼太は思わずガバッと起き上がり、突かれたところを手の平で押さえた。

色の白い蒼太はちょっとしたことでもすぐに跡がつくから、いつもはキスマークがつかないように気を遣ってくれているようだ。でも昨夜は光樹も熟睡していたみたいだし、すぐ側にある人肌にうっかり寝ぼけてキスしてしまったのかもしれない。

そんなことを考えていると、竜一が眉根を思いっきり寄せた。

「まさか、キスマークじゃないだろうな？」

「そ、そんなわけないじゃん。虫にでも刺されたんだよ」

へへっと誤魔化し笑いをしたのだが、どうやらわざとらしすぎたらしい。

「光樹だな。そうだろう？」

「なんのこと？」

眼光鋭く睨《にら》みつけてくる竜一に、全然わかりませんとばかりに惚《とぼ》けて見せたのだが、「そらっ惚けても無駄だぞ。俺は知ってるんだからな」と凄まれた。

「……なにを知ってるって？」

「あいつがゲイだってことをだ」

「え！　そうだったんだ、びっくり」

「白々しい。無駄な抵抗は止めとけ」

しつこく惚けようとする蒼太に、竜一が地の底を這《は》うような低音ボイスで告げる。

（……こわ）

エリートだった頃は折り目正しい紳士だったのだが、ぷっつん切れてからの竜一はなにをやらかすかわからない恐ろしげな雰囲気を身に纏《まと》うこともあり、大柄なせいもあって怒ると本気で怖い。

観念した蒼太は、「ごめん」とうなだれた。

「……ったく、こういうことになるんじゃないかと思ってたんだ。だから、同居なんて止めとけって反対したのに……」

「竜ちゃん、反対したのに……」

「そりゃそうだ。ぶっちゃけた話、おまえがこの家にいるのは、俺の家にあの美少女を下宿させるのと似たようなもんなんだからな」

「俺と杏里じゃレベルが違うけどね。……竜ちゃんはさ、いつ光ちゃんがゲイだって知ったの？」

「中学ぐらいの頃からそれとなく気づいてた。あいつ、やたらと女にもてるのに、全然興味示さなかったからな」

「気づいても友達続けてたんだ」

「当然。俺に実害がなきゃ構わん」

「さすが竜ちゃん、太っ腹！」

器が違うとおだてて話を誤魔化そうとしてみたが、「茶化すな」と真顔で遮られた。

「で、いつからだ」

「なにが？」

「蒼太！」

「……同居初日から」

仕方なく本当のことを言うと、「そんなに前からか」と竜一はショックを受けたようだ。

「全然気づかなかった。おまえらふたりとも、変わった様子もないから安心してたのに……」

（まあ、そりゃそうだろうな）

当事者である蒼太でさえ、光樹のあまりの変わりなさに戸惑っていたぐらいだ。

そして空気を読む癖のある蒼太もまた、そんな光樹に合わせて態度を変えずにいたのだから、竜一が気づかないのも当然だ。

「その……あいつに無理強《じ》いされたのか？」

聞きづらそうに言われて、「違うよ！」と蒼太は慌てて首を横に振る。

最初のきっかけは覚えていないが、それでも絶対に光樹はそんなことしないと言える。

「なら、普通に恋人同士ってことか？」

「それも……違うかも……」

「ってことは、セフレか」

「ええっ⁉」

ズバッと言われた蒼太は、セフレという表現に衝撃を受けて、思わず引いてしまった。

（そっか……。俺達の関係って、客観的に見るとそうなんだ）

確かにそうなのかもしれないが、妙な違和感がある。

仲のいい従兄弟として過ごしてきた長い年月がある分、セフレというドライな関係がしっくりこなくて……。

なんとなく釈然としなくて表情を曇らせた蒼太を見て、竜一はまた眉根を寄せた。

「どうせ光樹から舌先三寸で騙《だま》されて、つい流されたってとこだろう」

「騙されただなんて、そんな人聞きの悪い」

「そうか？　俺には、おまえが騙されてるとしか思えないけどな。——っていうか、そもそもおまえはどうなんだ？」

「どうって、なにが？」

「おまえもゲイなのかってことだよ」

「え？　あ〜、たぶん、違うんじゃないかなぁ？」

光樹とこういう関係になる前に見ていたエロイ夢に登場するのは、常に丸みを帯びた女性の身体だった。今でも大きく開いた女性の胸元にドッキリすることはあるけど、同性の身体に特別な感慨を覚えることは一切ない。

もちろん、光樹だけは例外だけど……。

「だったら、やっぱりきっかけを作ったのは光樹のほうなんじゃないか。下世話なことには興味ないから根掘り葉掘り聞くつもりはないが、どうせ光樹に誘われて興味本位ではじめた関係なんだろう？」

「そんなこと……」

ない、とは言えなかった。

蒼太自身、最初のきっかけを覚えていないせいだ。

言い淀《よど》む蒼太に、竜一は溜め息をついた。

「その様子じゃ、自分が身代わりにされてるんだっていう自覚もなさそうだな」

「身代わり？」

竜一の思いもかけない指摘に、蒼太はきょとんとなる。

確かに、いつかどこかで見た顔だとよく言われるが、それは初対面の相手の話だ。

ずっと側《そば》で成長を見守ってきてくれた光樹には絶対に当てはまらない。

「俺に似た人って、そういないと思うけど……」

あくまでも漠然としたイメージがどこかで見た誰かさんに似ているのであって、実際によく似た人になんて会ったことはない。

「ひとりいるだろうが」

「いたっけ？」

ん～っと真剣に考えてみたが、どうしても思いつかない。

「誰のこと？　教えてよ」

「おまえの親父だ」

「え？　父さんと俺って、似てたっけ？」

性格はなんとなく似ているような気がするが、外見はちっとも似ていないはずだ。

「新しい親父さんじゃなく、実の親、真人《まさと》さんのほう」

「ああ、お父さんか……。確かに、似てるって言われたことはあるけど……。――って、え？

ちょっ、ちょっと待ってよ」

竜一は、光樹にとって蒼太は身代わりだと言った。

ということはつまり、光樹が本当に抱きたいと思っている相手は、蒼太の父だということになるわけで……。

「それって、つまり光ちゃんは、俺のお父さんが好きだったってこと？」

「ああ。たぶん、初恋なんじゃないかな」

「初恋……」

（光ちゃんが、お父さんに……？）

あまりにも思いがけなさすぎて、話がすんなりと頭に入ってこない。

なにがなんだかわからず、蒼太は頭が真っ白になった。

3

土日も仕事で家に帰る暇もなさそうだと光樹《こうき》が言うので、蒼太《そうた》は久しぶりに実家に帰ることにした。

目的は、実父の写真だ。

仕舞い込んだままの実父が写っている昔のアルバムを引っ張り出し、自室のラグの上に寝そべって久しぶりに眺めてみる。

「似てるっちゃ似てるんだろうけど……」

だが、蒼太の実父、真人《まさと》ははっきり言って美形なのだ。

蒼太と一緒で色素は薄いが、髪は麦わらみたいにパサパサしている蒼太とは違って艶々《つやつや》の栗毛で、白い頬《ほお》にはそばかすどころか染みひとつない。

目はただ丸いだけの蒼太と違って綺麗《きれい》なアーモンド型で、鼻も形よくつんと尖《とが》っている。

全体的に蒼太よりずっと彫りも深くて、その整った顔立ちはハーフだと間違われることがよくあったと聞いている。

ぶっちゃけた話、蒼太の顔は、父の顔から華やかさをそぎ落として、思いっきり凡庸にしたような感じなのだ。

身代わりにするには、少しばかり出来が悪すぎるような気がする。

（……初恋かぁ）

竜一《りゅういち》から聞いたところでは、真人は大学生の頃からずっとボランティアで小学生のサッカーチームのコーチみたいなことをしていて、そこに光樹と竜一が通いはじめたのだとか。

確かに昔、両親の出会いのきっかけを作ったのが光樹だと聞いたことがある。

母が甥《おい》っ子の試合観戦に行った際に、コーチをしていた父と出会ったってところだったのかもしれない。

『はっきり本人に聞いたわけじゃないが。光樹が真人さんを意識してたのは間違いないぞ』

気がつくといつも光樹は真人の側《そば》にいて、ふたりで仲良くじゃれあっていたのだとか。

そもそも、竜一が光樹のセクシャリティに疑問を持つようになったきっかけも、そこら辺にあったらしい。

『確か、真人さんと親戚になるのは嫌だっても言ってたな。破談になりゃいいのになんてことも言ってたし……』

（好きな人と親戚になるのは、そりゃ嫌か）

家庭を持ち、もはや手が届かなくなった人を、ずっと近い場所から見続けていかなければならないのだから……。

『ガキの頃はそうでもなかったが、蒼太が中学に上がったあたりから、少し真人さんに似てきただろ？　光樹が変な気起こさなきゃいいがと心配はしてたんだ。そしたら案の定だ』

竜一は、思いもよらない話を聞いてショックを受けている蒼太を気の毒そうな目で見る。

さらに、光樹に文句を言わなきゃ気がすまねぇと言い出したので、蒼太は慌てて止めた。

『ちゃんと納得してることなんだ。光ちゃんが俺を通して誰を見てようと俺なら平気。っていうか、それを表だって責めたりしたせいで、光ちゃんとの関係が気まずくなるほうが嫌なぐらいだよ。――竜ちゃん、俺はここにいたいんだ。ここにいられなくなるのは困るんだよ。頼むから、光ちゃんを責めるようなことは言わないで』

お願いだからなにも気づかなかったことにしてと蒼太が必死で拝むと、蒼太の事情を知っている竜一は、もの凄《すご》く嫌そうな顔をしつつ頷《うなず》いてくれた。

『ただし、もしちょっとでも嫌だって思ったら、絶対に俺に言うんだぞ。力尽《ず》くででも、おまえを光樹から引き離してやるからな』

蒼太がそれに頷いても、竜一は不満そうな顔を崩さなかった。

それ以降、口を噤《つぐ》んでくれてはいるけど、男気溢《あふ》れる竜一が、いつ何時この不自然な話に我慢できなくなって爆発するかわかったもんじゃない。

（竜ちゃんにばれたってこと、俺の口から光ちゃんに言ったほうがいいのかな）

竜一からいきなり責められるようなことになるより、そのほうがマシかもしれない。

でも、それもなぜかためらわれる。

（だいたい、光ちゃんになんて言ったらいいんだろう？）

俺達がセフレだってことがばれちゃった、と、あっけらかんと言うのが一番いいのかもしれないが、それはなんだか嫌なのだ。

胸の奥の熱いもやもやが疼《うず》くようで……。

（な～んか、はっきりしないいんだよな）

自分がなににひっかかってもやもやしているのかが、どうにもはっきりしない。

正体不明のもやもやに、う～んと悩んでいると、いきなり部屋のドアが開いた。

「そーた、なにしてるの？」

（ああ……。ここにもひとり、ノックしない人がいたっけ）

光樹なら別に構わないが、杏里《あんり》の場合、着替え中に開けられると困るので止《や》めて欲しいのだが……。

「アルバムを見てるんだよ」

視線をアルバムに向けたまま振り向かずに答えると、肩口から一緒にアルバムを覗《のぞ》き込むつもりだったのか、のしっといきなり杏里から背中に乗られた。

「お、重！　杏里、潰《つぶ》れるって」

「失礼ね。あたし、そんな重くないもん」

杏里はぷっと怒って、ごろんと蒼太の背中からラグの上へと転がり落ちる。

（そりゃそうだけど……）

光樹の重みを知っているだけに、杏里なんてそんなに重くはない。

重くはないが、背中にぽよんと丸い胸の膨らみが当たるのが困るのだ。

（なんでこう、杏里って気にしないんだろ？）

恋愛感情を抱《いだ》いてなくとも、年頃の男女であることには変わりない。

蒼太だって、自分とは違う女の子の身体《からだ》の膨らみや曲線などが気になる年頃ではあるのだ。

だが、杏里はそこら辺のことをまったく気にしてくれない。

平気でくっついてくるし、一緒に暮らしていた頃は、聞きたいことがあるからと先に声をかけてはきたものの、浴室のドアを開けられたことさえある。

まるで同性の親友を相手にしているような態度なのだ。

家を出て杏里と物理的な距離を置くようになってから気づいたのだが、義父が過剰に心配するようになったのも、杏里のこの態度がかなりの要因になっていた気がする。

今さらだし、本人に言って無駄に萎《しお》れられるのも嫌だから黙っているが……。

「この人が、そーたの実のお父さん？　そーたにそっくりね」

隣に寝そべった杏里がアルバムを覗き込んでくる。

「俺がそっくりなんだよ。……ってか、劣化コピーか」

「そんなことない。あたしはそーたの顔のほうが好き。優しそうだもの」

「お父さんも優しい人だったよ」

「そう？　天然の自己中っぽいのに」

「自己中って……。なにを根拠にそんなこと言うのさ」

「ただの勘。――……気に障った？」

杏里が少し表情を曇らせて聞いてくる。

少しだけと頷くと、ごめんねと素直に謝られた。

「うん。……でも、まあ、確かにちょっと子供っぽいところはあったかな。俺と一緒に、母さんからしょっちゅう怒られてたし」

「仲良しだったんだね」

「そうだね。杏里は、お母さんのこと覚えてる？」

蒼太よりずっと幼いときに病気で実母を亡《な》くしている杏里に聞いてみた。

「ちょっとだけ……。いつも白いネグリジェを着ていたせいかな。お姫さまみたいだって思ってた」

杏里が少し遠い目をして、憬《あこが》れを語る口調で言う。

「杏里に似てた？」

「ううん。あたしはパパのほうの家系の顔なの」

残念、と軽く膨れていた杏里が、ふとなにかに気づいたような顔をした。

「そーた、その絆創膏どうしたの？」

「あ、これ？　なんか、虫に刺されたみたいでさ」

というのは嘘《うそ》で、絆創膏はキスマークを隠す為《ため》のものだった。

以前、竜一に気づかれた首の後ろのキスマークは消えたのだが、またしても鎖骨の上あたりにつけられていたのに今朝になって気づき、慌てて絆創膏を貼ってきたのだ。

（やっぱり、光ちゃんに注意しとかないと……）

普段は夜の秘密の関係にまったく触れずに過ごしているだけに、日中は注意しづらくて今まではなにも言わずにいたのだ。

だが、さすがにこれではまずいので、次の機会にでもそれとなく言うしかないだろう。

なんてことを考えていると、突然、杏里がとびっきりの笑顔になった。

「嘘。キスマークでしょ？」

「い、いきなりなに言い出すのさ。キスマークなんて、そんなわけないじゃないか。だいたい、そんな相手だっていないよ」

蒼太が焦ると、「いるでしょ？」と杏里が当然のように答える。

「どこに？」

「そーたの側に。――うまくいったんだ。協力してよかった」

「協力って、なにに？」

「そーたの恋に」

「え？　ちょっ、ちょっと待って杏里。なんの話をしてるの？」

「だから、そーたの恋の話をしてるの」

「俺の恋？　誰に？」

「誰にって……。あたし相手に惚《とぼ》けることなんてないでしょ。もう、ヤナ感じ」

「ヤナ感じって言われても……」

なにがなんだかさっぱりだ。

首を傾《かし》げる蒼太を見て、杏里は不思議そうな顔をした。

「もしかして、そーた、自覚してないの？」

「だから、なにを？」

「光樹さんに恋してるんでしょ？」

「はあ？　なんの根拠があって、そんなこと言うわけ？　っていうか杏里、なんでそんなに自信満々なんだよ？」

「だって、あたしの勘は当たるもの」

ちょっとばかり非難がましい蒼太の問いかけに、杏里は偉そうにそう言い切った。

「ほら、あのストーカーの件で、光樹さんの事務所にはじめてふたりで行ったことがあったじゃない？　あのときにピンときたんだよね。そーたは光樹さんのことが好きなんだって」

「そりゃ、大好きだけど……。でも、それとこれとは違うだろ？」

面倒見のいい優しい従兄弟《いとこ》、光樹のことは子供の頃からそりゃもう大好きだった。

だが、好きの種類が杏里の言う意味とは違う。

「そうなの？　ふたりが会話してるの見て確信したんだけどな」

「俺も光ちゃんも男だよ？」

秘密の関係があることは思いっきり棚上げして、世間の常識に従って指摘すると、杏里は
「だから、なんでしょ？」とまたしてもわからないことを言う。

「なにが？」

「はじめてふたりきりで会った日に、そーた言ったじゃない。あたしとそーたじゃ人種が違うって。あれって実は、恋愛の対象が異性か同性かって意味だったんでしょ？　ふたりを見てて、あたしピンときたんだ」

「ちょっ、勝手にピンとくるなよ。それ誤解だって。俺、ゲイじゃないよ」

ノーマルだからと告げると、杏里はちょっと困惑した顔になる。

「そっか、誤解だったんだ。……ごめんね」

「うん」

（もしかして、杏里の距離なしって、そのせいか？）

蒼太が同性に恋をする人種だと誤解してしまったせいで、まるっきり警戒心を持たなくな

り、同性相手のような距離感になっている可能性が大いにありそうだ。

「でも、光樹さんのことが好きなのは本当でしょ？　――だってそーた、光樹さんには我《わ》が儘《まま》言ってたじゃない？」

「言ったっけ？」

「言ったよ。俺は光ちゃんに面倒見て欲しかったのに～って、珍しく唇を尖らせてた」

「ああ、あれか……」

思い当たる節があった蒼太は、思わず尖っていたと言われた唇を手の平で押さえた。

杏里のストーカー被害で相談に行ったとき、自分じゃなく竜一を頼れと光樹に言われて、光ちゃんがいいのにと確かに食い下がってしまったのだ。

「あんなの、我が儘のうちに入らないだろ？」

「普通だったらね。でも、そーたって、普段から全然我が儘言わないじゃない？　誰に対しても優しいいし、聞き分けがいいし。だからね、あたしあのとき、そーたにとって、光樹さんは甘えたい相手なんだなって思ったの」

「甘えたい相手というか……まあ、普段から甘えてるけど……」

いつでも、光樹だけは蒼太のことを、事なかれ主義で空気読み過ぎだと批判する。

子供の頃と違って、今となっては事なかれ主義も空気を読む癖も習慣になり、蒼太の一部になってしまっているけれど、それでもやはり誰よりも光樹が自分のことをわかってくれていると思うのだ。

だからこそ、光樹が相手だと安心して思ったことをそのまま言えるし、愚痴《ぐち》だって零《こぼ》すことができる。

「ほら、やっぱり特別なんじゃない」

「特別の意味が違うよ」

「ほんとのほんとに？」

杏里から真顔で顔を覗き込まれて、蒼太はぐっと言葉に詰まった。

（違う……よな？）

物心ついた頃から現在に至るまで、ずっと光樹が大好きだった。

心から気を許しているから、光樹の前でなら涙を流せるし、弱音だって吐ける。

どんな自分を見られても平気だから、ノックなしでドアを開けられることもさして気にならない。

「それなら、光樹さんに特別な人ができたらどうするの？」

「どうするって……。そりゃ当然、よかったねって……祝福……する……」

（……かな？）

改めて考えてみた途端、胸の中のもやもやがまたしても自己主張しはじめた。

（なんだこれ……？）

ひどい胸焼けにも似た不愉快さに、眉間《みけん》に皺《しわ》が寄り、勝手に唇が尖る。

「ほら、嫌なんじゃない」

その顔を見て、杏里は威張った。

「やっぱり好きなのよ。間違いないって」

「ちょっ、止めてくれよ。杏里からそう強気で言われると、なんだか暗示にかかりそうだ」

「失礼ね。暗示なんかかけてないもん。近くにいすぎて、自分で気づかなかっただけなんじゃないの？」

「そう……なのかな？」

言われてみると、そんな気がしてくるから怖い。

（そもそも、嫌じゃなかったし……）

なにもかも曖昧《あいまい》なままにはじまった、光樹との秘密の関係。

戸惑いはあったけれど、嫌だと感じたことはなかった。

自分では自覚していなかっただけで、以前から光樹に恋をしていたせいだったのだとしたら、それも当然だったのかもしれない。

幼い頃から続く、まるで兄を慕うような気持ちを光樹に対して持ち続けたまま、並行して恋する気持ちも育ててしまったせいで、その違いを自分でも自覚しきれていなかっただけなのかも……。

「え〜、でも、だとしたら……。もしかして、俺から迫っちゃったってこと?」

引っ越したばかりのあの日、酒に酔ったせいで理性のたがが外れて、無意識のうちに育てていた恋心が前面に押し出されてしまったって可能性はないだろうか?

光ちゃん、好き〜と、自分からすり寄っていったりはしなかったか?

(俺、光ちゃんにだけは甘えがちだし……)

大好き〜と抱きつき、至近距離で見たあの綺麗な顔に、むらむらきたりはしなかったか?

自分から膝《ひざ》の上に乗って、首に腕を巻き付けたり、ちゅっとキスしたりして、元からゲイであった光樹を誘惑するような真似《まね》をしたのではないか?

(……やりそうで怖い)

もしそうだとしたら、蒼太の誘惑に光樹が乗ってしまったのは、やはり竜一の言うように光樹の初恋が実父だったせいかもしれない。

二度と戻ってこない人の面影に抵抗しきれなかったのかも……。

そんなこんなが、妙にすんなり納得できてしまうのが本当に怖い。

「迫ったって、どういうこと?」

思わず零してしまった蒼太の呟《つぶや》きを聞いていた杏里が、興味津々の顔で聞いてくる。

「え、あ……いや……」

まずいと思ったときには、もう後の祭り。

どういうこと？　と強気でにじり寄ってくる杏里に対抗する術《すべ》を蒼太は持たなかった。

（いくらなんでも女の子相手に、こんな話できないし……）

適当な話を作って肝心なところは誤魔化そうと思っていたのに、勘のいい杏里はまったく誤魔化されてはくれなかった。

それ嘘、はぐらかしても無駄、といちいち話を止められて、渋々ながらも本当のことを全部白状させられてしまう。

その結果、蒼太は杏里から拳骨《げんこつ》で頭を殴られた。

「痛っ！　なにすんだよっ‼」

「そっちこそなにしてんのよ！　自分を安売りするような真似しちゃ駄目でしょ！」

「……安売りしてるかな？」

「してるわよ！　しかも、肝心なことを酒に酔ってて覚えてないだなんて！」

パパと一緒じゃないと、杏里がぷりぷり怒る。

「ちゃんとお酒を飲んだの、はじめてだったんだ」

「言い訳したって駄目。とにかく最初の日にあったこと、光樹さんにちゃんと聞きなさい」

わかった？　と迫られて、蒼太は首を竦《すく》めた。

「でも……なんか、今さらだし……」

「そーたが聞けないのなら、あたしが聞くけど。それでいい？」

「よ、よくない！」

それだけは勘弁してと頼むと、それならちゃんと聞きなさいと迫られる。

「そんなこと言われたって……。本当に光ちゃんのことが好きなのかどうかも、自分じゃわからないし……」

自分の気持ちがはっきりしないうちは、あまり動きたくない。

中途半端な気持ちのままで動いて、事態をさらに混乱させたくないからだ。

「じゃあ、どうするのよ？」

「とりあえず、穏便に現状維持かな。……それで、自分の気持ちがはっきりしてきたら、そのときはちゃんと動くよ」

「ほんとのほんと？」

「うん。ほんと」

蒼太は確信を持って頷いた。

光樹への思いが従兄弟への愛情ではなく、恋なのだと自覚するようなことになったら、きっと自分は挙動不審になるに決まっている。

そうなれば、間違いなく光樹のほうから、どうした？　なにかあったか？　と話を振ってくるに違いないからだ。

必然的に、もう話をぐずぐずと引き延ばすことはできなくなるだろう。

「わかった。そのときがきたら、あたしにも結果を教えてね。茶化したりしないで、真面目《まじめ》に聞くから」

「うん。……ってかさ、杏里のその勘で、光ちゃんのほうの気持ちってわからないの？」

「光樹さんだって、そーたのことは大好きに決まってるじゃない」

「そ、そうなんだ」

そう言われた途端、蒼太の顔がふわあっと赤くなっていく。

そんな反応を見て、「自分の気持ちなんて、もうはっきりしてるじゃない」と杏里が呆《あき》れたように言う。

「でもね、残念だけど、光樹さんの場合、好きは好きでもどの好きかはわかんない。だって、あたし光樹さんとはそこまで親しくないし……。それに、蒼太のお父さんのこともあるから……」

たとえ身代わりだとしても、表面上の愛情のベクトルは今現在側にいる蒼太に向かう。

だから、好きの正体がわからないと杏里は言う。

「知りたければ、ちゃんと聞くしかないってことか……」

（……あんまり、知りたくないな）

光樹がいったい誰を抱いているつもりなのかを……。

そんな風に思ってしまうのは、きっと杏里が言うように、自分が光樹に恋をしているからなのかもしれない。

（もし、身代わりだったら……）

いつものように事なかれ主義を発揮して、それでも別に気にしないふりをするようになるのか？

（俺に、そんなことできるかな？）

他の人に対してなら可能でも、素のままでいられる相手である光樹に対して、そんな演技ができるだろうか。

できたとしても、きっと光樹は、そんな自分の演技をすぐに見抜いてしまうだろう。

見抜かれて、無理するなと言われたら？

（……なにも気づかなきゃよかった）

事なかれ主義の蒼太は、深々と溜《た》め息をついた。


日曜の夜、実家で夕食を食べた後で光樹のマンションに戻った。

「光ちゃん、ただいま」

まっすぐリビングダイニングに向かうと、光樹がいつものようにリビング側のソファに座って酒を飲んでいた。

「おかえり、蒼太。向こうは変わりなかったか？」

「うん。みんな元気だった。色々お土産持たされてきたよ」

杏里と母からは手作りのお菓子や弁当に使える常備菜、義父からはいつものように自分が飲まない酒を光樹へと横流しだ。

光樹に手渡すと、「いつもいい酒貰《もら》ってるな」と感心したようにラベルを眺めている。

「父さんがあんまりお酒飲めないんだってこと、みんな知らないのかな？」

「太一《たいち》さんのことだから、くれる人に気を遣って、割り材で薄めてなら飲めるとか言ってるんじゃないか？　おまえに似て事なかれ主義っぽいところあるみたいだし」

「あ、やっぱりそう思う？　杏里からもよく父さんに似てるって言われるんだよね」

「で、その杏里ちゃんは、聡子《さとこ》叔母さんに似てるってわけだ。それぞれ、血の繋《つな》がった親子同士が互い違いで面白いな」

「ほんとにね。そのせいか俺、杏里にはもう条件反射的に全面降伏なんだ」

子供心に、母を笑わせようと必死だった日々。

あの頃の気持ちがもうずっと残ったままの蒼太は、母にも杏里にも頭が上がらない。

彼女達が笑っていてくれるのならば、多少の無理は平気だ。

「尻に敷かれてるってことか」

「うん。昨日はリアルで尻に敷かれたよ」

実際には亀の子よろしく思いっきり背中に乗られたのだが。

けっこう重かったと愚痴ると、相変わらず仲がいいなと、光樹が苦笑気味に言う。

「光ちゃん、夕食食べた？」

「ん？　あ〜、そういえば昼飯の後なにも食ってないな」

「それで酒飲んでるんだ。身体に悪いよ。なにか作ろうか？　米？　麺？　パン？」

パンと光樹が答えたので、蒼太はカウンター内のキッチンに向かった。

ふたつに切ってから冷凍していた大きめのバンズを焼いて、レタスとトマトとピクルスに厚切りにしたハムを挟んで簡易ハンバーガーを作る。

余ったレタスとトマトにキュウリとスライスアーモンドを加えてグリーンサラダを作った後で、ふと思いついて冷凍のフライドポテトを解凍して、さらに杏里が持たせてくれたアップルパイを一かけ添えてみた。

それを全部ファーストフード店っぽい長方形のトレーに載せて、「ハンバーガーセットお待たせしました。ご注文の品はこれでお揃《そろ》いですか？」と、光樹の目の前に置いてみる。

「いや、注文してないものが入ってるな」

案の定、甘いものが苦手な光樹が苦笑しながらアップルパイを返して寄こしたので、蒼太は嬉々《きき》として受け取った。珈琲《コーヒー》を淹《い》れて、光樹の向かい側に座ってそれを食べる。

「杏里ちゃんの手作りか？」

「半分ね。いつもは冷凍のパイシート使ってるのに、今回は生地から作るって言うから、俺も手伝ってきたんだ」

実家の分と蒼太が持ち帰る分とふたつ作るとなると、手間が大変だろうと思ったのだ。

パイ生地を薄くのばして一センチぐらいの紐《ひも》状に切ったもののを、ふたりして丁寧《ていねい》に網状に組み合わせた。厚みが一定じゃないだの、切り離した生地の幅が一定じゃないだのと文句をつけあうのはそりゃもう楽しかった。

「中の林檎《りんご》は杏里が煮てくれてたんだけど、持ち帰り分のほうは、ちょっと手を加えて俺好みにレーズンとシナモンを多めにしてきた」

「へえ、おまえも作ったのか……。一口食わせてみろ」

ほら、と光樹が口を開ける。

「え、あ……うん」

(食わせろってことだよな?)

子供の頃、光樹に向かって、一口ちょうだいとあ～んと口を開けて食べさせてもらったことなら何度かあるが、逆はなかった。

なんとなく緊張しつつ、アップルパイをのせたフォークをそっと差し出すと、光樹は自分から顔を近づけてそれを食べた。

その瞬間、フォークを持った手に反動が伝わり、なぜかどきっとする。

「うん、甘いな」

「お、お菓子なんだから甘くて当然だよ。元から甘いものが苦手なんだから、無理して食べることないのに……」

蒼太が文句を言うと、「そういう意味じゃない」と光樹が苦笑する。

「じゃあ、どういう意味？」

「わかんなきゃいいんだ」

光樹は蒼太の質問に答えないまま、ハンバーガーを食べはじめた。

（……変なの）

光樹がこんな謎《なぞ》かけみたいなことを言うなんて珍しいなと思いながら、蒼太は珈琲を飲みつつ光樹をぼんやり眺めた。

自分のそれよりずっと大きな口が、ハンバーガーに噛《か》みつく。

光樹の歯は、特別に手入れしたことはないはずなのに白くて歯並びも綺麗だ。

ほんの少しだけ八重歯が飛び出し気味で、それが自分の童顔に拍車をかけているんじゃないかと気にしている蒼太は、光樹の綺麗な歯並びが昔からとても羨《うらや》ましかった。

（そっか……。俺、あの歯の感触知ってるんだっけ……）

何度も、何度もキスをした。

はじめの頃はぎこちなく、今では自分からキスをしかけることもあるほどに。

歯列の裏側を舌先でなぞったこともあるし、あの歯で舌や肌を甘噛みされたこともある。

ハンバーガーに挟んだトマトの汁でもついたのか、光樹の舌がその唇を舐《な》める。

あの唇の柔らかさやあの舌の感触も、当然蒼太は知っていた。

「なんだ？」

ぼんやり眺めていた蒼太をいぶかしむように、光樹が声をかけてくる。

「え？」

視線が絡んだ瞬間、蒼太ははっと我に返り、慌てて視線を手元のアップルパイに落とした。

「別に……」

なんでもないと呟きながら、アップルパイを突いて食べる。

（俺……今なに考えてた？）

蒼太は今まで、光樹との秘密の関係を普段の生活に引きずるような真似をしたことはない。

というか、普段一緒にいる優しくて大好きな従兄弟と、夜に部屋を訪れて自分を抱いていく男の存在とを、無意識のうちに切り離して同一視していなかったように思う。

それが今、はじめて重なった。

（なんで急に……）

今までだって何度も食事する姿を見ていたけれど、こんなことを考えたことはなかった。

——光樹さんに恋してるんでしょ？

杏里にそう指摘されたことをきっかけに、自分の中のなにかのバランスが崩れてしまったような気がする。

（やっぱり、そういうことなのかな）

今まであまりにも近くにいすぎて、自覚しそびれていたのかもしれない。

大好きな従兄弟に対する子供の頃から続く純粋な好意と、ひとりの男としての光樹に恋する心がうまく重ならなかっただけ。

肉体の快楽だけを求め合う秘密の関係がなんだか後ろめたくて、自分自身の心の動きを正視できずにいたところもあるし……。

（俺、光ちゃんのこと、好きなんだ）

そう自覚した途端、心臓の鼓動がばくばくと激しくなり、かあっと身体が熱くなってきた。

フォークを持っている指先まで赤くなっているぐらいだから、きっと顔や首筋まで真っ赤になっているに違いない。

落ち着け落ち着けと何度も自分に言いきかせてみたが、じわりと汗まで出てくる始末で蒼太はひとり焦る。

部屋に逃げようっかなと考えていると、カランと氷のぶつかりあう澄んだ音が耳に響いた。

（……いつから好きだったのかな）

肉体関係を持つようになってから気持ちが変化したのならば問題はないが、杏里の言うように、自覚してなかっただけでずっと前から好きだったのだとしたら、秘密の関係をはじめるきっかけを作ったのが自分だったって可能性がさらに高くなる。

(俺って、お酒を飲むとどうなるんだろう?)

蒼太は、光樹とはじめて関係を持った夜、自分がどんな風に振る舞ったのかが急に気になりだした。

だが、どうしてもそれを光樹には聞けない。

聞くことで波風が立つのを恐れてのことではなく、単純に恥ずかしかったからだ。

(俺から誘ったのかな?)

素面《しらふ》の今、そんな恥ずかしいことは絶対にできない。

でも、お酒を飲んで理性のたがが外れると、そういうこともできるのだろうか?

泥酔するほどじゃなく、理性を完全にはなくさない程度に飲んでみて、自分がどんな風に変化するか、それとなく確かめてみたいような気がする。

「ちょっとだけ、お酒飲んでみたいかも……」

何気なくぼそっと呟くと、「やめとけ」と即座に返事が返ってきた。

「明日学校だろう? また二日酔いになるぞ。それにおまえ、けっこう酒癖悪いし」

「悪いって、どんな風に?」

恐る恐る視線を上げると、こっちをまっすぐ見ていた光樹と視線が絡んだ。

「おまえの親父《おやじ》さんと一緒だ」

「どっちの？」

「太一さんのほう。——普段は心の中に無理矢理押し込めている気持ちを、ぽろっとしゃべっちまうんだ」

「そう……なんだ」

ということは、やっぱりそうなのだろうか？

無理矢理押し込めるどころか、恋心を自覚すらしていなかったけれど、それでもやっぱり口から出てしまったのだろうか？

（じゃあ、いま酔ったら、俺はなにを言うのかな？）

興味があるような、怖いような……。

複雑な気持ちで光樹の手の中にあるグラスをぼんやり見つめていると、「仕方ないな。ちょっとだけ飲んでみるか？」と光樹に言われた。

「いいの？　さっきは止めとけって言ったくせに」

「よくないが、隠れて飲まれるよりはマシだからな」

そういうことならとグラスに手を伸ばすと、すいっと逃げられた。

「グラスは渡さない。前回みたいに止める間もなく飲み干されちゃたまったもんじゃないからな。飲ませてやるから、こっち来い」

光樹がまるで誘うようにカラカラと氷を鳴らすのに釣られた蒼太は、立ち上がってテーブルを回り込み光樹の隣に座った。

首を伸ばし光樹の手の中にあるグラスに口を近づけていくと、またしてもすいっとグラスが逃げて行く。

からかわれてるのかな？　と、蒼太が光樹の顔を見上げるのと、グラスをテーブルに置いた光樹が蒼太の腕を摑《つか》んだのは、ほとんど同時だった。

「え？」

視界がぐるっと回って、気づくと蒼太はソファの上に倒れ込んでいた。

プロレスごっこでもするのかと思って見上げた光樹は、軽く眉根《まゆね》を寄せて蒼太を見つめている。

遊びに誘うような雰囲気じゃなく、むしろ、なにか苦しげな表情だ。

「絆創膏で隠して行ったのか」

ピッと鎖骨の上に貼ってあった絆創膏を勢いよくはぎ取られて、蒼太は微《かす》かな痛みにビクッとした。

（ってことは、わざとだったんだ）

光樹は、故意に見える場所にキスマークをつけたのだ。

なんでそんなことをしたんだろうかと不思議に思いながら、蒼太は言った。

「俺、肌白いから目立つし、いちいち言い訳考えるのも面倒だったから……。今度からつけないでよね」

蒼太がぷっと膨れて文句をつけると、「わかった。気をつけるよ」と光樹は宥《なだ》めるように蒼太の頭を撫《な》でた。

(……俺達、なにしてるんだろう?)

変な体勢だ。

絆創膏をはがすだけなら、普通に隣に座っていてもできるのに……。

起き上がりたいけれど、それをするには上から顔を覗き込んできている光樹を押しのけねばならない。

どいてよといつもの調子で言えばいいだけなのに、なんとなく言える雰囲気じゃない。

(頭撫でてもらうの気持ちいいし、もうちょっとだけいいか……)

とろんとしてごく自然に目を閉じると、頭を撫でていた手が頬に移動して、同時に唇に柔らかいものが触れた。

「……?」

覚えのある感触にびっくりして目を開けると、至近距離から覗き込んでくる光樹と視線が合い、そのまま今度は深いキスをされる。

びっくりした蒼太は光樹の肩を押し戻そうとしたが、強く舌を吸われ上あごをくすぐられているうちに、気がつくと光樹の首に腕を絡めてしまっていた。

「んっ……ふ……」

ぞくぞくっと腰のあたりから甘い感覚が這《は》い上がってきて、甘えた鼻声が零れる。

それに煽《あお》られるように光樹の手が蒼太のシャツをまくり上げて、脇腹から直接肌へと触れてくる。

蒼太は慌てて光樹の肩を叩いた。

「嫌か？」

「……そうじゃなくて……」

唇を離した光樹に聞かれ、蒼太は首を横に振る。

何度もしてきたことだから、今さら嫌だなんてことはない。

ただ、場所が問題だった。

「……あの……ここでするの？」

広いリビングダイニングは、料理をしたり食事をしたりくつろいだりと、普段の生活を送っている場所だ。

いつもは薄暗い寝室の中だけで抱き合っていたからうまく日常とは切り離しておけたけれど、こんな場所でしたら、普段の生活の中、ふとした拍子に光樹に抱かれたことを思い出してしまいそうで怖い。

（ああ、でも……。今さらなのかな……）

ついさっき、光樹が食事する姿に、キスしたときのことを連想してしまったばかりだ。

恋愛感情を意識してしまった今となっては、光樹の存在自体がそれらの記憶を呼び覚ます呼び水になってしまうだろうから……。

「明るい場所でやるのは嫌か？」

光樹は、蒼太の戸惑いの理由を誤解したようだ。

「移動する余裕があるのか？　もう、こんなになってるのに」

膨らんでいた前を服の上からやんわりと手の平で刺激されて、ぞくっときた蒼太はたまらず光樹の腕をきゅっと摑んだ。

「あっ……。も、やだ。光ちゃん狡《ずる》い」

「覚えとけ。……大人は狡いもんなんだ」

「……ん」

耳元で吹き込まれるいつもより少しだけ低い声に、またしてもぞくっとして蒼太は思わず首を竦める。

「蒼太、嫌じゃないな？」

再び下をやんわりと揉《も》み込まれ、耳元で宥めるように甘く囁《ささや》かれる。

（やっぱり狡い）

覚え込まされた肉体の快楽と、気づいたばかりの恋心。

好きな人に気持ちいいことをしてやると誘惑されて、嫌だと拒めるわけがない。

「や……じゃない」

蒼太は首を竦めたまま、小さく頷いていた。


明るい照明の下、気がつくと自分ばかりが服を脱がされていた。

ソファに座った光樹に背中を預けるようにしてその膝の上に座らされ、さっきからずっと執拗《しつよう》に前を刺激され続けている。

根本を締めつけるように握り込まれたまま、雫が溢れ出るそこを指先でヌルヌルと弄《いじ》りまくられ、じわあっと腰のあたりから広がる痺れるような甘い感覚に、蒼太はたまらず自分から腰を揺らした。

「あ……あっ……も、いきたい……光ちゃん、そこ、も、触らないで……」

「そこって、どこだ？」

ここか？　と光樹が先端に軽くツメを立てる。

「ひっ！」

チリッとくる刺激に、蒼太は思わず悲鳴をあげた。

痛みではなく、快感。

せき止められた奔流が出口を求めて暴れている。

「や……光ちゃん、放して……」

いかせてよ、と肩に頭を押し当てて甘えるように訴えると、「お願いを聞いてくれたらな」と光樹に言われた。

「なあ、蒼太。キスしてくれよ」

背後から顔を覗き込むようにして囁かれた蒼太は、思わず光樹から顔を背けていた。

(嫌だ)

正面から顔を見られたくない。

はじめて、そんなことを思う。

おまえは身代わりだと竜一に言われてからも光樹に抱かれていたけれど、そのときは薄暗がりの中だったこともあって平気だった。

でも、今は嫌だ。

こんな明るい部屋で顔を見られたら、頬に浮かんだそばかすや低めの鼻や子供っぽい八重歯の出っ張りがはっきり見えてしまう。

実父との違いを、光樹に再認識されるのが嫌だ。

「蒼太?」

促すような光樹の声に、蒼太は嫌々と首を横に振る。

「嫌なのか？」

聞かれて頷くと、乱暴にソファの上に押し倒された。

真上から降り注ぐ照明の灯《あか》り、逆光で影になった光樹の顔には、苛立《いらだ》ったような表情が浮かんでいる。

「……や」

そんな怖い光樹の顔は見たくない。

こんな明るさの中で顔を見られたくない。

蒼太は、思わず両腕で顔を覆っていた。

すると、いきなり片足を抱え上げられて、なんの予告もないまま一気に奥まで貫かれた。

「あ、ああっ——！」

さして前戯のないままの挿入の痛みに、蒼太は思わず悲鳴をあげた。

それでも光樹は動きを止めない。

「ひっ……ん……はっ……」

強く、激しく揺さぶられて、ぐらぐらと世界が揺れる。

その不安定さに、蒼太は顔を覆う腕を外し、思わずソファを掴んでいた。

定期的に抱かれ続けていたせいか、痛みを感じたのははじめだけ。

内壁を熱いそれで突かれ、かき回されているうちに痛みは消え、快感ばかりが残る。

その快感も、いつもの比じゃない。

（なに、これ……）

光樹とこんな関係になる前の蒼太は、性的なことに対する好奇心も知識もあまり持っていなかった。

だから、自分がいつもとは違うシチュエーションに興奮してしまっているだけなんだってことにも気づかず、いつもよりずっと激しく感じてしまう自分の身体に戸惑うばかりだ。

なんだかひどく不安で、閉じたままの瞼《まぶた》からじわっと涙が滲《にじ》む。

「や……光ちゃん……こわい……」

思わず救いを求めるように呟くと、光樹はピタッとその動きを止めた。

「怖い？　……俺が怖いか？」

わずかに傷ついたような響きを含むその声に、蒼太は首を横に振る。

「ちが……なんか、おかしくなりそうだから……」

「ああ、そういうことか」

ほっとしたように、光樹は息を吐く。

「大丈夫だ。それは怖いことじゃないから」

繋がったまま身を寄せてきた光樹が、耳元で囁く。

いつもと同じ優しい響きに、蒼太は恐る恐る目を開けて、光樹を見上げた。

「少し乱暴だったな。悪かった」

ちゅっと軽くキスされて、再び軽く揺すり上げられる。

「あっ……光ちゃ……」

ぞくぞくっと全身に広がる甘い喜びに、蒼太は思わず光樹の首に腕を伸ばしていた。

顔を見られたくないという気持ちはまだ残っているのに、それ以上に光樹が欲しい。

光樹の首に絡めた腕を引き寄せ、自ら光樹の唇に唇を押し当てていく。

絡む舌と混じり合う唾液《だえき》、深く唇を合わせた際にカチッと互いの歯が当たって、ふと食事している最中の光樹の口元を思い出した。

(……ほんとに同じなんだ)

当たり前のことなのに、そう感じた途端、じわっと視界が滲んだ。

もちろん悲しいわけじゃない。

ただ、少し寂しい。

大好きな従兄弟を失ったわけじゃないけれど、それでもただ無邪気に懐《なつ》いていられた子供時代の関係には戻れないと実感してしまったから……。

(好きの種類が、もう昔とは変わっちゃってたんだ)

引き返すことはもうできない。

「蒼太、どうした?」

涙ぐんでいる蒼太に気づいて、光樹が額を押し当てるようにして顔を覗き込んでくる。

「……なんでもない。——光ちゃん、もっとして」

ぎゅっとしがみついて、光樹の肩に泣き顔を押し当てて隠した。

（身代わりだったとしてもいいや）

まるっきり同じではなくても、その面影を宿していることで、こうして誰よりも近い場所に置いてもらえるのなら……。

「んっ……んん……。あっ——」

促されるまま動きだした光樹に揺さぶられて、ゆらゆらと身体が揺れて目が回る。

深いところをひときわ強く穿《うが》たれ、ぞくぞくっと背筋を駆け上がる喜びが、指先まで甘く痺《しび》れさせる。

「光ちゃん……っ……もっと……」

甘い喜びが思考までをも蕩《とろ》かせる。

蒼太は、なにもかも忘れて、ただ無我夢中で甘く痺れる指先を光樹の背中に食い込ませていった。

4

金曜日の放課後、帰宅すべく自転車を漕《こ》ぎながら、蒼太は奇妙にむずむずした気分を持て余していた。

(そろそろ今の仕事のピークが終わるって言ってたっけ)

明日は月に二度ある土曜休みの日で、日曜と合わせれば二連休になる。

もしも光樹の仕事が一段落つくのなら、久しぶりに一緒にゆっくり過ごせるかもしれない。

それはとても楽しみなのだが……。

(……なんか、むずむずする)

一度寝室以外の場所で関係を持ってからというもの、光樹は普段から蒼太に対してセクシャルな意味での悪戯《いたずら》をしかけてくるようになっていた。

キッチンで料理している最中に背後から抱きつかれたり、廊下ですれ違いざまに抱き寄せられてキスされたりが習慣になりつつあるぐらいだ。

こんな状態になってからの休日ははじめてで、もしも一日中ちょっかい出され続けたらと考えただけで、落ち着かないというか、微妙に照れ臭いような気分になってしまう。

(嫌じゃないから、困るんだよなぁ)

自分の中の恋心を自覚したせいだろうか。

身体に絡んでくる腕や肌に触れる唇に、蒼太はすぐに真っ赤になって狼狽《うろた》えてしまう。

いわゆるこれが、ときめくという感情なのかもしれないが、光樹にそんな気持ちがばれるのはまずい。

（ただ、不意打ちの悪戯に照れてるだけだと思ってくれてればいいけど……）

マンションの駐輪場に自転車を停め、エントランスを抜けて最上階へ。玄関の扉を開けると、光樹の革靴と一緒に竜一の小汚いスニーカーが視界に入ってきた。

いつもだったら、ただいま〜と元気に言ってリビングダイニングに飛び込んで行くところだが、さすがに今日はためらう。

（やっぱり気まずい）

今の蒼太は、大好きな従兄弟としてではなく、ひとりの男としての光樹を、普段から意識するようになってしまっている。今まで通り振る舞おうと思ってはいるけれど、光樹に対する態度が微妙に変わってしまっているはずだ。

すでに竜一は、蒼太と光樹の関係を知っているだけに、蒼太のそんな微妙な変化に気づいてしまうかもしれない。

それを思うと、光樹のいる場所で竜一と会うのは不安だった。

蒼太が玄関先で靴を脱ぐのを躊躇《ちゅうちょ》していると、不意に「とぼけるな！」という竜一の大きな怒鳴り声が聞こえてきた。

蒼太は、自分が叱《しか》られたみたいに思わずビクッと身を震わせる。

(光ちゃん相手に竜ちゃんがこんな怖い声で怒鳴るの、はじめて聞いた)

子供の頃からのつき合いで気心が知れているせいもあって、ふたりは感情的になるほどの衝突をすることがほとんどない。

原因として思い当たるのは、やはり自分に関することだけだ。

(なにも言わないでって言ったのに……)

とはいえ、やっぱりな、という諦《あきら》めの気持ちもあった。

エリートコースからは外れてしまったものの、本来竜一は正義感溢れる、まっとうで真面目な男なのだ。

こんな歪《ゆが》んだ関係に、ずっと目をつぶっていられるはずがない。

(……どうしよう。止めたほうがいいのかな)

蒼太はその場でおろおろしながら聞き耳を立ててみたが、なにか会話しているらしい声は聞こえるもののガラス戸越しだけあって、その内容まではっきりわからない。

仕方がないので物音をたてないようにそうっと靴を脱いで、そろそろと廊下を進み聞き耳をたててみる。

「……あんな子供相手に、どういうつもりなんだ？　今はまだおまえに懐いているから流されているみたいだけどな、いずれ後悔することになるかもしれないぞ。そうなったとき、あいつに憎まれる覚悟はあるのか？」

真剣な竜一の声に、蒼太の身が竦む。

（憎むだなんて……）

この先、なにがどうなろうと、自分が光樹を憎むなんてことがあるとは思えない。

蒼太はそう思ったのに。

「覚悟してるさ」

そんな光樹の声が聞こえた。

「蒼太に対して最低な真似をしてるって自覚はあるんだ。いつまでもあいつを俺の元に縛りつけておくつもりもない。潮時を見はからって、いずれ手放すよ」

「潮時って、いつだよ」

「蒼太が大学生になったら……。来年の春だな」

（来年って……）

光樹がこの関係を一方的に終わらせるつもりでいることがショックだった。

だがそれ以上に、光樹が自分に対して罪悪感を抱《いだ》いていることのほうが辛《つら》い。

（やっぱり俺、身代わりだったんだ）

身代わりでもいいと思っていたけれど、それが事実だと知らされるのはやはりショックだ。

（光ちゃんは、俺より、お父さんのほうがいいんだ）

しょせん自分は、二番目の代用品でしかない。

そのことが事実として蒼太の心に重く辛くのしかかってくる。

蒼太が大学生になったら、援助してでもひとり暮らしをさせるつもりだと竜一に告げる光樹の声を聞きながら、蒼太はそうっと後ずさりしてその場から逃げ出していた。


ふと気づくと、近所の公園のベンチにぼんやり座っている自分がいた。

（……とりあえず、連絡しなきゃ）

空の色が微かに茜《あかね》がかってきている。

このまま連絡せずに暗くなっても帰らなかったら、きっと光樹が心配するに違いない。

肩にかけたままだったスクールバッグをとりあえず脇に置こうとして、それを握る手が小刻みに震えていることに気づく。

「なんだ、これ……」

変なのと笑い飛ばそうとしたのに、手が固まってしまって開かない。

仕方なく、やはり震えているもう片方の手で無理矢理指をこじ開けてバッグを置いた。

震える両手をパンと強く叩き合わせ、ついでに頬をパシパシと叩いてから、携帯を取り出して覚束ない手つきでメールを打つ。

友達とのつき合いでちょっと遅くなるから、もし家に帰っていたら先に夕ご飯を食べていてくれるようにと……。

送信して五分と待たずに了解したと光樹から返事が来て、これで時間稼ぎができたとほっとした。

と同時に、手が震える程にショックを受けているくせに涙のひとつも零さず、まず最初に周囲の状況を気にする自分がなんだかおかしくなった。

「事なかれ主義の空気読み過ぎかぁ」

ははっと、乾いた笑い声が口から零れる。

中学になったばかりの頃、そろそろひとりで留守番できるようにならないとなと言われて、光樹の部屋へのお泊まり禁止を宣言されたとき、蒼太は泣きべそをかいた。

もちろん光樹に拒絶されたようで悲しかったからだが、同時にそれは、我慢することないんだぞと言ってくれる光樹に対する甘えでもあったように思う。

だが、これからは光樹の前で泣きべそはかけない。

(光ちゃんが、大好きな従兄弟のままだったら、我が儘も言えたんだけどな)

でも、蒼太はもう自分が光樹に恋をしているのだと自覚してしまった。

この関係に終わりがくるのが嫌だと思うのも、実父の身代わりだったのだと光樹が認めたことがショックだったのもそのせいだ。

だからこそ、それらのことで光樹をわずらわせるような真似はできない。

光樹が欲しているのは実父であり、自分ではない。

必要とされていない相手に、自分の恋する気持ちを押しつけるのは迷惑でしかない。

(片思いなんだもんな)

好きだから側にいたいと、相手の迷惑を顧みずにしつこくつきまとったら、それこそストーカーになってしまう。

そんなのは駄目だ。

そしてまた、もうこの世にはいない人に片思いをしている光樹にとっても、この関係はあまりいいことじゃないんだろうなと思う。

実父の面影を宿してはいても、しょせん身代わりでしかない。

長く続けたところで虚《むな》しいだけなんじゃないかと……。

叶《かな》うことのない虚しい片思いに区切りをつけて、もう一度、未来ある新しい恋を見つけるほうがいい。

そのほうが、光樹だってきっと幸せになれるはずだ。

母が、二度目の結婚で新しい幸せを掴んだように……。

(俺は、別に身代わりだって構わないけど……)

ショックだったけど、それでも大好きな人の側にずっといられるのならば、身代わりだって別に構わない。

いつだって周囲の空気を読んで、無駄に誰かとぶつからないよう、大切な人達が笑っていられるようにと気を遣って生きていた。

本心を隠して笑うことだってできるし、胸の奥の痛みに堪《た》えるのも慣れっこだ。

光樹の側にいられるのなら、その程度の我慢なんてへっちゃらなのだが、そうも言ってはいられない。

なにしろ光樹は、蒼太を身代わりにしていることに罪悪感を抱いているのだから……。

（光ちゃんを無駄に苦しめたくないな）

自分の恋心は二の次。

身代わりである自分を手放すその日は、光樹が永遠に叶うことのない虚しい片思いに区切りをつける日でもある。

身代わりである自分は、光樹の苦しみをこれ以上無駄に引き延ばさないよう大人しく姿を消すべきなんだろう。

その日が来たら、大学生になったんだし保護者がいないほうが気軽に遊べるかもねと頷いて、浮き浮きした態度であの部屋から出て行くのだ。

（大丈夫、俺ならできる）

今までだって、ずっとそうしてきた。

周囲に再婚を勧められてもずっと独り身を通してきた母から、真剣につき合っている人がいるのと不安そうに告白されたときだって、ちゃんとうまくやれた。

本当は、母が実父以外の人に心を動かしたことが、嫌で嫌でたまらなかったのだ。

実父を忘れてしまったのかと母を理不尽にも責める気持ちや、穏やかだったふたりきりの生活が終わることへの不安感、他の男に母を取られてしまうような寂しさ、そんな負の感情が心の中に重く渦巻いていた。

それでも蒼太は、いい人に出会えたんならよかったと母に微笑《ほほえ》むことができた。

今ではなく未来を思えば、その変化はむしろ歓迎すべきことだとわかっていたからだ。

一時の感情に負けて反対したところで、母を困らせるだけ。

母のことを本当に思うのならば、嫌だと思う気持ちをぐっと飲み込むべきだと……。

そうして母は、二度目の幸せを手に入れた。

(これでいいんだ)

今回も同じように微笑んで頷けばいいだけ。

大丈夫、できると、蒼太は自分に暗示をかけるように心の中で繰り返す。

(問題は、竜ちゃんがどこまで話したかだな)

蒼太がふたりの関係を白状したことを竜一が光樹に話していたとしたら、光樹だってさっきの竜一との会話を蒼太に話さないわけにはいかなくなる。

おまえは身代わりだったんだなんて光樹に直接言われてしまったら、どうしてもお互いに気まずくなって、ふたりの関係もこれまでとは違ったものになってしまうだろう。

（でも、まあ……竜ちゃんは言わないかな？）

ここにいたいんだと言った蒼太の気持ちを尊重して、自分ひとりで勝手に気づいたことにしてくれているような気がする。

だからこそ、蒼太がいないところで、光樹にどういうつもりなんだと詰問していたんじゃないかと……。

（そうだといいな）

もしそうなら、得意の事なかれ主義を発揮して、竜一が直接光樹を責めたことなどなにも知らなかったふりをして、大学生になるまでは光樹の側にいることができる。

（知らんぷりしてること、光ちゃんに気づかれないといいけど……）

我慢することない、無理して自分の気持ちを押し殺すことはないんだぞと、いつも光樹だけは隠している蒼太の気持ちに気づいてくれた。

わかってもらえるのは嬉《うれ》しいけれど、今回だけは別だった。

気づかれてしまったら、今のふたりの関係は変わってしまうだろうから……。

（もうちょっと、気持ちを落ち着けてから帰ろう）

この指先の震えが止まり、ちゃんと力が入るようになるまではここにいよう。

蒼太は膝の上で組み合わせた指が小刻みに震えるのを、ただ黙って見つめていた。


大きく深呼吸してから、玄関の鍵を開けて中に入った。

どうやら竜一はもう帰ったらしく、玄関先にあるのは光樹の靴だけだ。

「ただいま〜」

ほっとしつつ、いつものように大きな声で挨拶《あいさつ》すると、「おう、おかえり。遅かったな」と、いつもと変わらぬ光樹の声が聞こえた。

「うん。友達の部活の買い物につき合って、荷物持ちしてやってきたんだ」

ほら、このストラップをくれた子、とパンダのストラップを見せて嘘をつくと、相変わらず親切だなと光樹が苦笑する。

(いつも通りの光ちゃんだ)

その表情からは、竜一に責められていたことなど微塵《みじん》も感じられない。

(俺もちゃんとしなきゃ……)

空気を読んで、なにも知らないふりをしなきゃと蒼太はその顔に笑みを浮かべた。

「親切ついでに、明日も荷物持ちしてあげる予定なんだ」

もちろん、これも嘘だ。もうちょっと落ち着くまで、一日中ふたりきりで顔をつき合わせている状況は避けたかったから。

「それ、断れないか？」

「なんで？　なんか予定あったっけ？」

「いや。ちょっと俺の仕事を手伝って欲しいんだ」

「え？　手伝ってもいいの？」

蒼太はびっくりして光樹を見た。

調査事務所、イコール、探偵だと思っている蒼太は、以前から光樹の仕事に興味津々だったのだ。

だから、あまりにも光樹が忙しそうなとき、なにか手伝うことはないかとしつこく申し出たりもしていたが、その度《たび》に子供のする仕事じゃないと断られていた。

「ああ、いいよ。どうする？」

「もちろん手伝うよ！」

純粋な好奇心と、光樹の役に立てる喜びとで、蒼太はぱあっと顔を輝かせた。

だが……。

「な〜んか騙《だま》された気分」

翌日、蒼太は光樹が運転する車の助手席でぶーたれていた。

光樹の手伝いと聞いたから、てっきり尾行とかの探偵っぽいことをやれるんだろうと浮き浮きしていたのに、蓋《ふた》を開けたら長距離ドライブの居眠り防止の為の話相手要員だったのだ。

「そう怒るなよ。この礼に、なんでも好きなもの食べに連れてってやるから」

「食いものより鍋買って。鍋ごとオーブンに入れられる奴。実家にあったんだけど、けっこう使い勝手よさそうだったからさ」

「おまえ、欲ないなぁ」

「外で食べるより、家で美味《おい》しいものを食べたいだけ。そのほうが落ち着くしさ」

わかったなんでも買ってやると光樹が言うので、蒼太は少しだけ機嫌をなおした。

(ま、いっか。ドライブなんて久しぶりだし……)

運のいいことに今日は晴天、気温もそれなりに高いから、仕事でさえなければこのまま海に連れて行って欲しいぐらいだ。

車内にふたりきりという状況ではあるが、フロントガラス越しに外から見える状況だから、光樹から悪戯をしかけられるんじゃないかとどきどきすることもない。

変に意識することなくただの従兄弟として振る舞えるから、気持ち的にも楽だ。

「蒼太、ガム」

「はいはい」

包み紙から取り出したミントのガムを二粒、光樹の口の中に放り込む。

ほんのちょっと指先に光樹の唇が触れたせいでどきっとして耳を赤くしても、運転中の光樹の視線は前方に向いていて気づいた様子はない。

（……光ちゃんは、もう気づかないんだな）

昨夜《ゆうべ》は、光樹と竜一の話を聞いてしまったことを気づかれないように随分気を遣った。

何気ない話の中で、不意に竜一の名前が出たときなどは、思わず露骨にギクッとしてしまい、狼狽えたせいで指が震えて持っていたカップを落としかけたぐらいだ。

それなのに、光樹はなにも気づかなかった。

以前だったら、どうした？　と間違いなく聞いてくるところだったのに……。

（俺のことなんて、目に入ってないんだ）

薄暗がりの中で抱き合っていた頃は、まだ普段の日常の中では蒼太のことをちゃんと見てくれていた。

でも、日常的に悪戯をしかけてくるようになってからは、もう違うのかもしれない。

蒼太自身ではなく、蒼太に重なる実父の面影ばかりを見るようになってしまったのかもしれない。

かつて光樹が恋していた人のフィルター越しにしか見てもらえないから、蒼太の様子がいつもと少し違うことにも気づいてもらえない。

（……寂しい）

側にいる人に、心を向けてもらえないのは……。

身代わりでもいいと思っていたけれど、今まで知らなかったこんな寂しさを抱え込むことになるなんて予想もしていなかった。

それでも、側を離れたくない。

光樹が自らの不毛な恋に終わりを告げるその日までは……。

（そしたら、元通り仲のいい従兄弟に戻れるのかな）

ぼんやりとそんなことを考えながら外の光景に見入っていた蒼太は、ふと手前のウインドウにうっすらと映った自分の顔に気づいて苦笑する。

（やっぱり無理だな）

この顔に実父の面影を宿している限り、きっと距離を置かれることになるんだろう。

光樹だって、蒼太を身代わりとして使ってしまったことを気まずく思うだろうし……。

（今から考えたって意味ない）

いくら考えたところで、この先、どうなるかなんてわかりはしない。

蒼太にできるのは、今まで通り、その場その場の空気を読んで、最善だと思える道を選ぶことだけだ。

「光ちゃん、先方との約束は何時？」

気分を変えるべく、蒼太は光樹に話しかけた。

携帯マグふたつに珈琲をたっぷり淹れて家を出たのは朝の六時。

その後、ドライブインで珈琲を補給しつつ朝食をとって、再び東北方面にある目的地へと移動中なのだが、具体的なスケジュールはまだ聞いていなかった。

「約束はしてないんだ。下手《へた》にアポ取ると逃げられそうだからな」

「なにそれ？」

「覚えてないか？　少し前に息子が行方《ゆくえ》不明になったって、きーきー騒いでいたご婦人がいただろう？」

「ああ、あの殺されてるかもって物騒なこと言ってた人か……。それ絡みの調査なんだ」

「いや、調査のほうは竜一が全部終わらせてくれてる。今日は、竜一が調べだしてくれた別荘地に、その行方不明になってる当人に会いに行くんだ」

「ってことは、もしかして家出だったの？」

「ああ。社長のくせに、全責任ほっぽり出して逃げ出しやがったんだ」

不惑も過ぎてるってのに、と光樹が不機嫌そうに呟く。

「そういう人なら、確かにアポなんて取っても逃げられそう。あのおばさんには報告ずみ？」

「いや、まだだ。報告しても信じないだろうし、下手をすると息子が家出した責任を嫁さんにおっかぶせそうだからな。とりあえず、直接会って、自分で連絡を取れって説得してこようかと思ってさ」

「でも、アポなしで行って留守だったらどうするの？」

「帰って来るまで待つ。もしも会えなかったら、今日は向こうに泊まりだ」

「……光ちゃんの仕事って、けっこう行き当たりばったりだよね。尾行をするときだって、いつも終了が何時になるかわからないしさ」

「人間相手の仕事だからな。そう都合良くはいかないさ。ああ、それと、俺が先方と会ってる間、おまえは留守番してろ」

「え〜、ここまで来て置いてけぼり？」

ひどいなぁと、ぶーたれると、そう拗《す》ねるなと光樹の手が頭を撫でていく。

頭を撫でる従兄弟の大きな手。

かつては大好きだったその温《ぬく》もりに、胸がきゅううっと締めつけられるみたいに痛くなる。

そのことが、なんだか悲しかった。


目的地の貸別荘に着くと、その駐車場には高級車が停まっていた。

「いるみたいだね」

「ああ。——どうする？　車の中で待つか？　それとも、ここに来る途中にあったファミレスに行って昼飯でも食ってるか？」

「わざわざ戻らなくてもいいよ。ここで待ってる」

「そうか。悪いな。じゃ、行ってくる」

空《あ》き地に車を停め、光樹が貸別荘へと向かう。

高原の別荘地だけに、木陰に停められた車の窓さえ開けていれば爽やかな風が吹き込んでくるので、クーラーをかけていなくても充分に涼しい。

蒼太は、携帯を弄りつつ、静かな車内で光樹の帰りを待った。

杏里や友達と何通かメールのやり取りをして、ゲームで遊んだりしているうちに一時間以上が過ぎた。

さすがに飽きてきて、うとうとしていると不意に車のドアが開いた。

「あ、光ちゃん、おかえり」

「ああ」

はっと目覚めた蒼太は、戻ってきた光樹の機嫌の悪そうな顔に、思わず言葉を飲んだ。

（こんな顔、今まで見たことない）

光樹の眉間にはくっきりと深く皺が寄り、唇はきつく引き結ばれている。

身に纏《まと》う空気もなんだかピリピリしていて、首尾はどうだったと気軽に聞ける雰囲気じゃなかった。

（なにか嫌なことでもあったのかな）

無言のままシートベルトを締めた光樹が、エンジンをかけて来た道へと車を戻らせる。

空気を読む質《たち》の蒼太は、光樹をこれ以上刺激しないよう、助手席で小さくなってじっとしていた。

高速道路を二時間ほど走った頃、光樹は車をパーキングエリアの駐車場へと入れた。

エンジンをかけたままの状態で停車した後、大きく溜め息をついてから、ゆっくりと蒼太を見る。

「悪い。気を遣わせたな」

「別にいいけど……」

随分と落ち着いてきたようで、身に纏う空気のピリピリ感は薄れていたが、それでも光樹の表情は普段とは比べものにならないぐらいに暗い。

「話し合い、うまくいかなかったの？」

「いや。それは大丈夫。自分がやらかしたことから逃げずに尻ぬぐいをするって約束させたし、奴のお袋さんの依頼をそのまま受けずに、こうして直接会いに行ってやった分の礼を含めて報酬を貰う約束も取りつけてきたからな」

（だったら、なんでこんなに機嫌悪いんだろう）

聞きたいけど、聞ける雰囲気じゃない。

蒼太が困っていると、「おまえは空気読み過ぎなんだよ」と光樹が苦笑する。

「そんなこと言ったって……。聞いても、守秘義務とかで答えられないんじゃないの？」

「いや、そうでもない。気を遣わせたお詫《わ》びに教えてやるよ。――その前に、食堂でなにか食べてこい。昼飯食いっぱぐれて、いいかげん腹減っただろう？」

光樹がパーキングエリアの建物を指差して言った。

「光ちゃんは？　さっきの別荘でなにか食べてきた？」

「いや、食ってないが、俺はいい。腹減ってないんだ」

珈琲だけ買ってきてくれよと携帯用のマグを蒼太に手渡す。

「アイス？　ホット？」

「ホット」

「了解」

大人しく頷いた蒼太は、車を降りて、食堂ではなく売店へと向かった。

（お腹空《なかす》いてないわけないよな）

朝から同じタイミングで食事してきたのだから、間違いなく光樹だって空腹のはずだった。

売店で太巻きやお稲荷《いなり》さん、名物だというコロッケなどの総菜を買い込み、最後に携帯マグに珈琲を詰めてもらって車に戻った。

「車の中で食うのか？」

両手いっぱいに食べ物を持って戻った蒼太を見て、光樹が不思議そうな顔をする。

「うん。光ちゃんもね。——はい」

ウェットティッシュを無理矢理渡して手を拭かせてから、パックを開けて光樹の目の前に太巻きをずいっと差し出す。

「ご飯抜くのは身体に悪いよ」

「大袈裟《おおげさ》だな。一食や二食抜いたって死にやしないって」

「死ななくても倒れるよ。前に病院の世話になったこと忘れた？」

そもそもタイミングよく光樹と同居できるようになったのは、日頃の不摂生から倒れた息子を心配する和恵《かずえ》伯母の後押しがあったればこそだ。

実際、一緒に暮らしてみてはじめてわかったのだが、基本的に光樹は食事に対する欲求が少ない。

料理をするのはいつも蒼太の為だけで、自分ひとりのときは面倒臭がってレンジでチンすることとさえしないのだ。

だから蒼太は、普段から光樹が食事を抜かないようにとそれとなく気を遣っていた。

だがもうそれも終わり。

これからは、それとなくではなく、食事するようにしっかりと促すつもりだ。

（最後に、なにかひとつぐらい光ちゃんの役に立ちたいし……）

あの部屋を出て行く日が来る前に、なんとしてでも光樹自身に自分の食生活をコントロールできるようになってもらわなければ。

「一個でもいいから食べて」

意を決してちょっと強い口調で言うと、「おまえに怒られるとは思わなかったな」と光樹が苦虫を嚙みつぶしたような顔になる。

「怒ってるんじゃないよ。心配してんの。——光ちゃんってさ、空腹感じないの？」

「感じないわけじゃないが……。いつも無理して食う程でもないって思っちまうんだよな」

光樹は大きな太巻きをひとつつまんで食べた。

珈琲でそれを流し込んだ後で、もう一個と自分から手を伸ばしてくる。

「美味しい？」

ほっとした気分でそれを眺めていた蒼太が聞くと、「ああ、美味《うま》いよ」と微笑む。

その微笑みからはさっきまでのピリピリした雰囲気はまったく感じられず、蒼太はやっぱりほっとした。

「たいして腹減ってないつもりでいても、一口食った途端に飢餓感を覚えるのはなんでなんだろうな。一個で終わらせるつもりが、我慢がきかなくなってもっともっと欲しくなる」

「身体は正直だってことじゃないの。——お稲荷さんとコロッケ、どっち食べる？」

「両方食う。おまえも食べろよ」

「うん」

蒼太は買ってきたものを浮き浮きと全部出して、ダッシュボードや膝の上に並べてから、自分も食べはじめた。

ひとつずつ紙袋に包まれた、まだ温かなコロッケの美味しさに感動していると、「食べても、すぐにまた空腹になるのが嫌なんだよなぁ」と独り言のように光樹が呟く。

「それが生きてるってことだろ？　いつまでも満腹だったら変だよ。それに、ずっと満腹で食事する必要がなかったら人生つまらなくない？」

「そうか？」

「そうだよ。美味しいものは何度食べても幸せだしね」

だろ？　と蒼太が笑いかけると、光樹はちょっと困ったような顔で微笑んでいた。


再び帰路についた車の中で、光樹がさっき訪ねたばかりの男の話をしてくれた。

「あの男が浮気してるってのは公然の秘密ってやつで、有名な話だったんだ」

以前から何度も仕事を依頼されたことのあるお得意様で、依頼された仕事をこなしていくうちに、光樹の耳にもその公然の秘密が入ってきたのだそうだ。

浮気相手はその男の独身時代の恋人だった女性で、全国紙に報道されたこともある犯罪者が身内にいるせいで、両親から結婚を反対された相手だった。彼女の為になにもかも捨てて家を出る勇気がなかった男は、けっきょく周囲の勧めに従って父のお気に入りの秘書だった女性を妻に迎えた。

だが、結婚して一年も経《た》たないうちに、以前の恋人とよりを戻してしまったのだ。

「そのこと、奥さんは知ってるの？」

「ああ、ずっと知ってたんだそうだ。知ってて、黙認していたんだとさ。昨日会って話を聞いてきた」

最初からこうなるような気がしていた。周囲の勧めに負けて結婚しただけで、自分を愛してくれていたわけじゃないからと、彼女は言ったそうだ。

「だったら、なんでその人は急に家出なんてしたのかな。嫌な話だけど、ずっとその状態でうまくやってたんだろ？」

「嘘だらけの生活に、我慢できなくなったってことらしい」

両親に頭の上がらないその男は、実生活でも気弱な質だった。

一応は若社長として持ちあげられていたが、会社を実際に動かしているのは前社長の秘書だった妻だ。社員達も彼女のほうを頼りにしていて、実際問題、社長である彼が失踪した後も会社の経営にはなんら支障は出ていない。

能力もやる気もないくせにプライドだけは高かった男は、誰からも必要とされず、お飾りの社長でいることが辛くてたまらなくなったのだ。

「俺の居場所はここじゃない。これ以上ここにいたらおかしくなってしまう。出て行かせてくれって奥さんに泣きついて、なんと奥さんもそれを承諾したんだとさ」

「公認家出だ」

「ああ。奥さんは、落ち着いたら親族に対する説明は自分でするっていう男の言葉を信じて、送り出したらしいんだが……」

自分の財産や権利はすべて正妻とその子供に譲り、自分は身ひとつで愛人とその子供の元へ行くつもりだと妻に言っておきながら、いざとなるとびびってしまった男は、隠れたまま連絡を絶ち出てこなくなってしまったのだ。

「それで、あのおばさんが騒ぎだしたんだ」

「そういうことだ。でもまあ、みんな事情をなんとなく察しているから、騒いでいるのはあの人だけなんだけどな」

社員達は奥さんの味方で、騒動が大きくならないよう、彼女が恥をかかないようにと必死で立ち回ってくれているらしい。

「それで、光ちゃんはあの人に自分で事態を収拾しろって言ってきたの?」

「ああ。自分がこのままいなくなっても別に誰も困らないはずだって散々ごねられたが、一週間以内になんとかしないと母親に居所を教えるぞって脅したら、一発で頷いてたよ」

「お母さんが一番怖いのか……。情けない人だなぁ。――あ、でもさ。奥さんと正式に離婚することになったら、会社のほうはどうなるわけ？」

「さあな。たぶん、引退した先代社長が戻ってくるんじゃないか？　子供が大きくなるのを待って後を継がせるか、奥さんと養子縁組して社長の座を彼女に直接譲るか、そのどっちかだろうな。少なくともあの情けない男が社長の座に戻ることはないだろうよ。……古参の社員達も迎え入れたりはしないだろうからな」

「だよねぇ。……なんだか人生思いっきり無駄使いしてるみたい。最初にちゃんと好きな人と一緒になってたら、こんな変なことにはならなかったのに」

「それはどうかな？　あの男なら、どっちを選んでも後悔しそうだ」

不満のある現状を、かつて自分が道を選び損ねたせいに違いないと言って……。

原因を過去に求めてばかりで、今を変える努力をしない。

逃げたところで、現実はなにも変わらないことにも気づかない。

「この騒動が一段落したら、安穏とした社長の座を捨てたことを、また後悔しだすんじゃないかな」

「情けない人。……一番の被害者は奥さんだね」

可哀想だと蒼太が言うと、ハンドルを握る光樹が小さく溜め息をついた。

「なに？」

「ん？　……一番悪いのは自分だって、彼女は言ってたよ」

「なんで？」

「いずれこうなる予感があったのに、見てみぬふりをしていたから……だとさ」

夫は留守がちではあるものの、表面上は穏やかな日々。

子供を可愛がってくれる夫の姿に、もしかしたらこのまま側に留《とど》まってくれるかもしれないという夢を見てしまったと……。

失いたくないから夫を甘やかし、もうひとつの家庭にも目をつぶって、嫌なことは一切させなかった。

十年以上そうして甘やかされ続けた夫は、人として成熟する機会を失い、自らが背負うべき責任すら放棄するような男になってしまった。

――私が、あの人を駄目にしたんです。

彼女は、そう言ってうなだれていたと光樹が言う。

「そういうものなのかな」

見てみぬふりは蒼太も得意分野だけに、ちょっとばかり複雑な気持ちになる。

現状が幸せなら、蒼太だって見てみぬふりをするからだ。

（っていうか、今もそうだけど……）

身代わりでもいいから、光樹の側にいたい。

未来に待っている別れから目をそらして、今のこの状況を少しでも長く続けたいと願っている。

それでは駄目なのだろうか？

(光ちゃんの為を思えば、こんなこと長く続けないほうがいいんだろうけど……)

死者に対する不毛な片思いなんて、悲しくて辛いだけだから……。

「いや、違うだろう」

なんとなく蒼太がしょんぼりしていると、光樹が吐き捨てるようにそう言った。

「悪いのは、あの男だ。許してくれる女ふたりに、ずるずると甘え続けてきたあいつが悪い」

どうやら男に対する怒りを思い出してしまったらしく、光樹はピリピリとした空気を再び身に纏ってしまう。

「よっぽどだね」

「え？」

「光ちゃんがそんなに苛々するとこ、今まで見たことなかったからさ。よっぽど、その人の態度が腹に据えかねたんだろうなって思って」

きっとさっきの会見の際に、うじうじぐずぐずと言い訳する男に苛々させられたんだろう。

蒼太はそう思ったのだが、「違う」と光樹は答えた。

「じゃあ、なんで苛々してんの？」

「これは……自己嫌悪だ」

「自己嫌悪って、なんで?」

なぜ光樹が、そんなことを言うのか理由が思い当たらない。

蒼太はきょとんとして運転席の光樹を見上げたが、ピリピリとした空気を身に纏った光樹は、まっすぐ前を向いたまま口を開こうとはしなかった。

5

家に帰るまで、光樹のピリピリした態度は変わらなかった。

空気を読む質の蒼太は、車の中では光樹を刺激しないようにずっと大人しくしていたのだが、家に帰ってからは一転して元気に振る舞ってみた。

「夕飯なににしよっか。お酒飲むんなら、おつまみになるようなもののほうがいいかな？」

光樹と一緒に過ごせる時間がもう限られているだけに、この一分一秒が貴重なのだ。

少しでも早く機嫌をなおしてもらって、楽しい時間を過ごしたい。

「光ちゃん、リクエストある？」

冷蔵庫を開けて中をチェックしながら、リビング側のソファに座った光樹に聞くと、「その前に、こっちに来い」と言われた。

「なに？」

「話があるんだ。とにかく座ってくれ」

光樹はひどく真剣な顔をしている。

なんだか嫌な予感がしたが、蒼太は大人しく言われるままに光樹の前に座った。

「話ってなに？」

「お袋から聞いたんだが、一ヶ月後にこのマンションの三階に空き部屋が出るらしい」

「え？」

（それって……）

嫌な予感は確信になった。

それでも蒼太は、おろおろと視線を泳がせながら、一縷《いちる》の望みをかけてとぼけてみる。

「そ、それが、どうかしたの？　部屋のクリーニングのバイト募集？」

「そうじゃない。その辺は業者に頼むって知ってるだろう？」

「知ってるけど……」

このマンションの管理は光樹の実家の不動産屋が手がけているが、急なトラブルなどで担当者がすぐに対応できないときなどは光樹も臨時で手を貸している。そのせいもあって、マンション内の雑事は光樹にも定期的に報告されているのだ。

「急で悪いが、そっちに移ってくれないか？」

（やっぱり、そうなんだ）

たぶん、今日の出来事でなんらかの心境の変化があったのだろう。

光樹は蒼太を手放す時期を早めることに決めたのだ。

（言うこと聞かなきゃ）

そのときがきたら、大人しく言うことを聞こうと昨日決めたばかりだ。

光樹の決心を邪魔するわけにはいかない。

そう思っていたはずなのに、ふと気づくと「でも、二部屋借りるのって不経済じゃない？」と往生際の悪い言葉が口から零れてしまう。

「その辺のことは心配しなくてもいい。空き部屋になるのはちょうどワンルーム物件だし、身内価格ってことで今まで貰っていた家賃分でもなんとかなるはずだしな」

「そっか……。それならちょうどいいのかな。……次にいつ単身者用の部屋が空くかわからないもんね」

この期《ご》に及んでも蒼太は、つい空気を読む発言をしてしまう。

それでも、やっぱり諦めきれない気持ちがまた口をついて出た。

「でも、あの……さ、なんでこんな急にそんなこと言うの？　高校に通ってる間ぐらいはここにいられると思ってたのに……」

こんなに急じゃ、心の準備をする間もない。

（ちゃんと笑って出て行こうと思ってたのに……）

涙は滲むし、指は震えるしで最悪だ。

こんな風に往生際悪くすがりついたりしたら、後味の悪い思い出になってしまう。

それだけは嫌だったのにと、蒼太は震える下唇をきゅっと嚙んだ。

そんな蒼太に、光樹が辛そうに告げる。

「おまえに甘えている自分が嫌になったんだ」

「逆じゃないの？　俺のほうがずっと光ちゃんに甘えてたんだし……」

光樹に甘えられた覚えのない蒼太がそう言うと、「いいや。甘えてたのは俺のほうだ」と光樹は首を横に振った。

「おまえがなにも言わないのをいいことに、ずっと甘えて好き勝手してきたからな。——俺は、おまえを抱くべきじゃなかったのに……」

（はじめてだ）

光樹と秘密の関係を持ってからというもの、ふたりの間でそのことをはっきりと言及したことはなかった。

それが光樹の決意の強さを表しているようでひどく辛い。

「蒼太、ごめんな。謝ってすむ問題じゃないが、それでも謝らせてくれ。——悪かった」

目の前で光樹が深々と頭を下げる。

この秘密の関係を、これで終わりにしようとして……。

（これからは、もう触っちゃいけないんだ）

あの手触りのいいさらさらした髪に指を差し入れることも、あの肩に指を食い込ませてしがみつくことも、もうできない。

それだけじゃない。

たぶんこの部屋を出たら、ふたりの秘密の関係を後悔している光樹は、自分を避けるようになるだろう。

親戚だから二度と会えないってことはないだろうが、今までみたいにふたりきりでは会うのは避けようとするはずだ。

蒼太は、大好きな従兄弟と、はじめて恋した人を同時に失うことになる。

そうと悟った途端、我慢していた涙がじわっと目尻から溢れ出した。

「……嫌だ」

気づいたら、涙だけじゃなく、そんな言葉が口から零れていた。

「おまえ、泣いてるのか」

顔を上げた光樹が、蒼太の涙に驚いたように目を見開いた。

「やっぱり嫌だ。光ちゃん、俺、ここにいたいよ！」

家主である光樹が出て行けと言う以上、ここに留まることはできないってことぐらいわかってる。

自分がここに留まることで、不毛な恋を終わらせようとしている光樹の決意を鈍らせるかもしれないってことも……。

それでも、蒼太はここにいたかった。

「俺、なんでもするよ。なんでもするから、ここに置いて」

お願いします、と泣きながら頭を下げる。

「馬鹿なことを言うな。これは、おまえの為なんだぞ」

慌ててテーブルを回り込んできた光樹が隣に座って、蒼太の頭をぎゅっとその胸に抱きかかえた。

「蒼太、泣くなよ」

な？　とあやすように身体を揺らし、パサパサの髪を何度も撫でる。

子供の頃にも、こんな風に何度か慰めてもらったことを思い出して、懐かしさにまた涙が溢れる。

蒼太は、光樹の身体に腕を回して、ぎゅっと背中にしがみついていた。

「お、俺のことなんか気にしなくてもいいよ。光ちゃんと一緒にいられるんなら、俺、身代わりだってなんだっていいんだ」

「身代わり？　なんのことだ？」

唐突に肩を摑まれ、光樹のシャツから涙で濡れた頬を無理矢理に引き離された。

「と、とぼけないで。俺、知ってるんだ。光ちゃんが、俺のお父さんを好きだったってこと……」

「ちょっと待て。いつ俺が、真人なんかを好きになったって言うんだ？」

「いつって……。だって竜ちゃんが、たぶんそれが光ちゃんの初恋だろうって……。――違うの？」

見上げると、光樹はこの上もないほどに嫌そうな顔をしていた。

「違う。全っ然違うっ！　竜一の勘違いだ。むしろ逆。大ッ嫌いだったんだよ」

思いがけない言葉に、蒼太はきょとんとなる。

「なんで？」

「あの人、性格がサイアクだったからな」

死んだ人のことを悪く言いたくはないが、と光樹はちょっと気まずそうだ。

「でも、仲良かったって、サッカーの練習中はいっつも一緒にいたって竜ちゃんが言ってたけど？」

「それも違う。つきまとわれてただけだ」

「つきまとう？　お父さんが？」

光樹は困った顔で頷いた。

そもそも、実父との初対面の印象が最悪だったのだそうだ。

人懐こそうな綺麗な顔の裏にうっすら我が儘さが透けて見えて、子供心にこの人には係《かか》わりたくないと思ったほどに……。

それで故意に避けていたら逆に面白がられて、嫌がらせがてら、しつこくつきまとわれるようになったのだと、光樹が本当に嫌そうに言った。

――天然の自己中っぽいのに。

実父の写真を見たときの杏里の声が脳裏をよぎる。

(杏里の勘が当たってたんだ。きっとお父さんのほうは、光ちゃんとは逆に、ひとめ見て気に入っちゃったのかも……)

確かに少々子供っぽいところのある人だったように思う。

その稚気が悪い形で出て、可愛さ余って憎さ百倍――ではないが、いっそのことからかってやれと嫌がる光樹にまとわりついて、ひとりで勝手に楽しんでいた可能性はある。

(……ああ、よかった)

実父の行為の是非はともかくとして、光樹が身代わりを必要とするほどの悲しい恋はしてなかったんだってことに、蒼太は本気でほっとした。

「じゃあ、母さんとの結婚が駄目になればいいって言ったたっていうのは?」

涙をぬぐいながら聞くと、「それは本当だ」と光樹が答える。

「あんな性格の悪い男と結婚したら、聡子叔母さんが苦労すると思ってたからな」

「でも、仲良かったよ?」

「ああ、その点は認めるよ。あの我が儘男も、聡子叔母さんには本気で惚《ほ》れてたんだろうな。

……だから、あの人の死を惜しんではいるんだ。おまえと聡子叔母さんの為に」

ぽんと大きな手が頭の上に乗る。

蒼太はその手を乗せたまま、軽く首を傾げた。

「だったら、なんで俺を抱いたの？」

純粋に疑問に思ったことを口にすると、まっすぐ見上げた視線の先で、光樹が露骨にギョッとする。

「いや、それは……」

言いにくそうに口ごもる姿に、蒼太の不安が甦《よみがえ》る。

（やっぱり、そうなのかな）

無意識の恋心に唆《そその》かされるまま、自分から誘ってしまったのだろうか？

「あの……さ、光ちゃん……」

はっきりと聞くのは、なんだか恥ずかしい。

でも、ふたりして口ごもっていたのでは、いつまでも真実はわからないままだ。

「あの夜、誘ったのって……もしかして俺？」

恐る恐る聞くと、光樹が再び露骨にギョッとした。

「って、おまえ……。まさか覚えてないのか？」

ひどく驚いた様子の光樹に、「うん。……実はそうなんだ」と蒼太はおどおどしながら頷き返す。

「お酒を一気飲みして、むせたところまでは覚えてるんだけど……」

「その後のことは？」

「ほとんど覚えてない。気がついたら、次の日の朝になってた。でも、その……身体に違和感があって、なにかあったんだなっては想像がついたけど……」

「……嘘だろ？」

「ごめん。ほんとなんだ」

「なんてこった」

光樹は頭を抱えて、うちひしがれたように俯《うつむ》いた。

「覚えてなかったんなら、なんでその後も俺を受け入れたんだ。拒めばよかったじゃないか」

「え、でも……そんな、嫌じゃなかったし……。それであの……なにがあったのかな？」

教えてくれる？　と俯いた光樹の顔を覗き込む。

光樹は、深々と溜め息をついた後で、「泣いたんだ」とぼそっと呟いた。

「俺が？」

「そう」

——家に帰りたい。家族みんなで一緒に暮らしたい。俺ばっかりひとりなんて嫌だ。寂しいよ。

酔った蒼太はそう言って、わんわん大泣きしたのだと、光樹は教えてくれた。

「泣くくらいなら親ともう一回話し合えって俺が唆したら、嫌だって言って」

――母さん、いま凄く幸せそうなんだ。俺が下手なこと言うと、母さんの幸せが壊れちゃうかもしれないだろ？　そんなの嫌だ。それぐらいなら、俺が我慢する。

「それでも、やっぱり寂しいって言って、べったり抱きついてきたもんだから、つい……な」

「やっぱり俺が誘ったんだ」

「だから違うって。俺がおまえの寂しさにつけ込んで手を出したんだよ。寂しいなら、慰めてやろうかって……」

抱き締めて髪を優しく撫で、そっと唇に唇で触れると、蒼太はきょとんとした。

――慰めるって、キスで？

キスだけじゃなくそれ以上のことも……。おまえが許してくれるなら、寂しさを忘れるぐらい気持ちよくしてやれる。そう耳元で囁いて誘惑すると、ぶるっと小さく震えて自分から光樹の胸に顔をくっつけてきた。

――光ちゃんならいいよ。大好きだから……。

すりすりと胸に頬を擦《こす》りつけてくるその仕草があまりにも可愛くて我慢ができなくなった光樹は、そのまま蒼太を自分の寝室に連れ込んでしまったのだ。

「最初は光ちゃんの部屋だったんだ。シーツが全然汚れてなかったから、後になってから変だなってては思ったんだけど……」

「おまえ、本当になんにも覚えてないんだな」

「断片的に、ちょっとだけ覚えてるけど……。耳をこう、手で擦ってたこととか……」

「そういや、俺の声がくすぐったいとかって言ってたっけな」

自分の耳を擦る真似をする蒼太を見て、愛《いと》おしそうに光樹が微笑む。

「……前々から、危ないとは思っていたんだ」

「なにが？」

「おまえを可愛いと思う自分を……。小さい頃は純粋に可愛いだけだったのが、育つにつれて微妙にまずい感じになってきた。だからちょっと距離を置こうとしたりしてたのに、おまえはおかまいなしで懐いてくるしさ」

「もしかして、中学になってからお泊まり禁止にしたのって、そのせい？」

「まあな。さすがに布団に潜り込んでこられるのはまずい感じになってたからな。うっかり寝ぼけて変な真似したら、言い訳もできないし……」

（これって、もしかして……）

光樹の話を聞いているうちに、蒼太の鼓動が徐々に早くなってくる。

「お泊まりは駄目だって言ってたのに、なんで今回の同居はＯＫしてくれたの？」

「最初は断るつもりだったんだ。でも、お袋が余計なことを言うから……」

「余計なことってなに？」

「だから、おまえと杏里ちゃんの仲のよさは、ひとつ屋根の下で暮らすには確かにちょっと心配かもしれないって……」

「和恵伯母さんまで、そんな心配してたんだ」

思わずぶーたれた蒼太に、光樹は苦笑する。

「お袋だけじゃない。結婚式に出席した親戚一同、みんな似たようなこと考えてたはずだぞ」

新郎新婦の子供として、式の最中ふたりはずっと一緒に行動していた。

きちんと礼服を着てじゃれあいながら仲良く微笑みあう姿は、傍《はた》から見るとまるで二組目の可愛らしいカップルのようだったらしい。

「杏里ちゃんと知り合ってからは、俺のところになかなか遊びにも来なくなってたしな。このままあの子に取られるんじゃないかと思ったら、たまらなくなった。でもな、誓って言うが、最初から手を出すつもりがあったわけじゃない。もう少しだけ、おまえを側で見ていたかったんだよ。我ながら、女々しいとは思ったが……。っていうか、これじゃ変態か」

光樹が自嘲《じちょう》気味に笑う。

「変態？」

「だってそうだろう？　俺はおまえが産まれたときから知ってるんだぞ。ふにゃふにゃ泣いてるのをあやしたこともあるし、紙おむつを取り替えてるのを脇から眺めてたことだってある。小学生の頃は、一緒に風呂に入って髪を洗ってやったりもしたか……。ただ可愛いと思うだけならともかく、十歳も年下の子供に恋愛感情まで持つなんて、世間的に見たら、立派な変態だ」

「……恋愛感情？」

もしかしたらとずっとどきどきしていた蒼太は、期待していたその言葉を聞いて思わず光樹に向けて身を乗り出した。

「光ちゃん、俺のこと好きなの？」

「ああ。可愛いだけじゃない。おまえに惚れてるよ」

惚れてる、とはっきり言われた途端、蒼太の白い肌が耳の先までぼわっと赤くなる。

（すごい。両思いだ。……こんな、都合のいいことがあるなんて……）

夢でも見ているんじゃないかと、嬉しさのあまりぼうっとしている蒼太に、光樹は「だから、我慢できなかった」と少し辛そうに告げた。

「あの夜、酔っぱらって泣いてるおまえを抱いたときだって、さすがに最後までするつもりなんてなかった。ただほんのちょっと気持ちいいことだけしてやろうと思ってたのに、触れてしまったらもう駄目だった。食欲と一緒で、自分がおまえに飢えていたんだって自覚したら、もう我慢できなくて、どうしても自分が止められなくなった。……それからはもう開き直りさ。おまえが快感に弱いのをいいことに、ずるずると手を出し続けてた。それでも、拒まれたら手を出すのは止めようと思ってたんだ。だから、おまえの部屋に行くときは、いつもびくついてたよ」

昼間は、ノックした途端、もう入ってこないでと蒼太に言われることを恐れて、有無を言わさずドアを開けるようになった。

深夜になると、今日こそ鍵がかかってるんじゃないかと不安になって、ドアノブに触れるのをためらうあまり、いつもドアの前で立ちすくんでいた。

(そっか……そういうことだったんだ)

光樹の独白に、蒼太は目から鱗《うろこ》が落ちる思いだ。

ノックをせずにいきなりドアを開く光樹に、いつも違和感を覚えていた。

それに、たまに光樹がドアを開くより先に、ふっと目覚めることがあるのも不思議だと思っていたのだ。

(光ちゃん、ずっと苦しんでたんだ)

蒼太を抱くことに対する罪悪感や、拒絶されることへの不安感に……。

そんなこととは知らない蒼太は、自分が覚えていないだけで、きっとふたりの間でなんらかの話がついているはずだと思い込み、故意にこの話題に触れないようにしていた。

(最初から、はっきり聞けばよかった)

はじめて抱かれたときはまだ恋心を自覚してはいなかったけれど、それでも光樹の告白を聞いたら、ごく自然に嬉しいと感じていたはずだ。

そして嬉しく感じるこの心の中に、光樹と同じ想いがあると気づいただろう。

事なかれ主義の上に空気を読み過ぎるあまり、目の前にある素敵な宝物を発見するのが、こんなに遅れてしまった。

（……勿体《もったい》ないことした）

でも、もう大丈夫。

光樹から受け取った素敵な宝物を、同じようにして返すことができる。

「光ちゃん」

蒼太は光樹の顔をまっすぐ見上げ、その腕にしがみついた。

「俺も好きだよ。光ちゃんが大好き！」

恋が叶った嬉しさに、その顔に無邪気な笑みを浮かべて思いを素直に告げる。

「……蒼太」

喜んでくれるだろうと思ったのに、なぜか光樹は悲しそうな微笑みを浮かべた。

「無理しなくていい」

「え？」

「例の如《ごと》く空気を読んで、俺に合わせてくれてるんだろう？」

そんなことはしちゃ駄目だと、光樹がゆっくりと首を横に振る。

「ここにいたいって気持ちもわかる。おまえは昔から寂しがり屋だったもんな。だからって、自分から身体を投げ出すような真似はしちゃ駄目だ。そんなことをしたら、女の子と真面目につき合うようになったときに、きっと後悔することになるぞ」

「女の子？」

「杏里ちゃんとか、その携帯ストラップをくれた子とか……。俺とのことがなければ、今ごろはつき合ってたんじゃないのか？」

「なに言ってんの。杏里には恋愛感情なんて持ってないよ。ストラップをくれた子だって、本当にただのクラスメイトなんだ。あの子には彼氏もいるし……」

「そうなのか？　それでも、おまえはノーマルなんだから、いずれは普通に恋愛するようになるはずだ。──今ならまだ、俺もギリギリおまえを手放してやることができる。だが、このままこの関係を続けていたら、それもできなくなる。そうなって困るのはおまえだぞ」

「そんなことない！　困らないよ！　俺だって光ちゃんが好きなんだから」

「……そうか。ありがとうな」

よしよしと、聞き分けのない子供にするように、光樹は蒼太の頭を撫でた。

「あのな、蒼太。俺のことは喜ばせようとしなくていいんだよ。いつだって俺は、おまえの気持ちをちゃんとわかってやってただろう？　周りとうまくやろうとして自分を押し殺そうとするおまえに、そんなことはしなくてもいいんだって、我慢するなって言いきかせてきたじゃないか」

「だから、なに？」

「だから、今度も同じことを言う。——蒼太、無理しなくてもいいんだ」

「……光ちゃん」

「おまえに愛されることがなくても、俺はずっとおまえのことを大事に思い続けているから……。ふられたぐらいで、おまえを嫌ったり拒んだりはしないよ。離れて暮らすようになっても、愚痴を言いたくなったら今まで通り俺のところにくればいい。俺は、いつでもおまえを待ってるから……」

な？　と光樹が優しく微笑む。

まるで、蒼太を労《いたわ》るように……。

(光ちゃん、本気で言ってるんだ)

蒼太の告白を、本心ではないと思っている。

(なんでこんなことになってるんだろう？)

蒼太は、どうしていいかわからず呆然《ぼうぜん》となった。

いつだって光樹は蒼太の気持ちをわかってくれていたから、いつも安心して愚痴を零していられた。

でも今、光樹は蒼太の気持ちをわかってくれない。

蒼太がここにいたいあまりに嘘をついていると、光樹を喜ばせる為に無理をしていると思っている。

（なんだか俺、まるで狼少年みたいだ）

蒼太は確かに今まで、ほんの少しずついろんなことを我慢してきた。友達から理不尽なことを言われても怒らずに笑って聞き流したり、母の再婚に対するわだかまりを口に出さずに我慢したり……。

嘘をついたつもりはないけれど、確かに本心を隠していたのは事実だ。

そのことを、光樹だけは知っている。

だからこそ、今こうして蒼太を気遣ってくれているんだろう。

蒼太がまた物事をうまく運ぼうとするあまり、無理をしていると勘違いして……。

（もう一回）

それでも、きっと光樹ならわかってくれるはずだと信じて、蒼太はもう一度光樹の腕をぎゅっと摑んだ。

「光ちゃん、俺、無理してないよ。本当に光ちゃんのことが好きなんだ」

「大丈夫、わかってる」

だが、光樹は悲しそうな笑みを崩さない。

「寂しいのなんて一時のことだ。すぐにひとり暮らしにも馴《な》れるさ。どうしても駄目だったら、今度こそちゃんと家族と腹を割って話し合ってみな。——だが、俺のところにいちゃいけない。これ以上深みにはまったら、本当に抜け出せなくなるぞ」

俺は、おまえの為に言ってるんだと、光樹が真剣な顔になる。

「……俺の為？」

「そうだ。おまえの為だ」

「そう……なのかな？」

光樹の言葉は、蒼太の胸にズシンと重く響いた。

（光ちゃん、俺の為に言ってくれてるんだ）

本心から蒼太のことを心配して、自分の気持ちを押し殺してまで……。

蒼太は今まで、いつでもどこでも誰とでも、うまくやろうとして生きてきた。

だから、誰かと衝突したことがないし、無理に我を通したこともなかった。

いつだって自分から折れてきたから、こんなとき、どうやって相手の気持ちを押し返したらいいのかがわからない。

これが敵意だったら、怒りで跳ね返すことができたかもしれない。

でも光樹は、蒼太を心から心配してくれているのだ。

その優しさがあまりにも重すぎて、どうしても跳ね返せない。

（……俺、我慢しなきゃいけないのかな。……今までみたいに）

周囲の人とうまくやる為に、今までほんのちょっとずつ気持ちを押し殺してきた。

だから今度も我慢して、光樹の優しさを優先すべきなんだろうか？

(光ちゃんは、そのほうがいいのかな)

蒼太の気持ちが本心からのものだと信じられない限り、光樹は蒼太が側にいることで苦しみ続けることになる。

蒼太を抱くことに対する罪悪感や、いつか拒絶されるかもしれないという不安に……。

それならばいっそ、離れてしまったほうがいいのだろうか？

そのほうが、光樹は心穏やかに暮らせるのだろうか？

(そうなのかも……。俺なら、我慢できるし……)

今までだって、何度も自分の気持ちを押し殺してきた。

今度もそうすればいいだけ……。

(ああ、でも、もう俺の気持ちをわかってくれる人はどこにもいないんだ)

我慢できる間はいいけれど、堪《こら》えきれなくなったらどうしたらいいんだろう？

今までみたいに、愚痴を聞いて慰めてくれる人はいないのに……。

(こういうのも自業自得っていうのかな。悪いことしてたつもりはなかったのに……)

ただ、大好きな人達に笑っていて欲しかっただけ。

大好きな人達が笑ってくれていれば、自分も幸せな気持ちになれると思ったから……。

(光ちゃんの言うことを聞いても、俺は全然幸せじゃないのに……)

変なの、と蒼太はくすんと笑う。

「……わかったよ。光ちゃん」

そっと光樹の腕から手を放して、ゆらりと立ち上がる。

「俺、光ちゃんから離れる」

それが、光樹の望みなら……。

すうっと魂が抜けたみたいに感情のない顔になった蒼太は、そのままふらふらと自分の部屋に行って、泊まり用の大きなバッグにとりあえずの荷物を詰めていく。

なにをどう考えていいのかわからない。

ただ、悲しくて、悔しくて、切ない。

それでも、そんな気持ちを表に出しちゃいけないことだけはわかっていたから、感情をぐっと堪える。

堪えきれない想いが、ぼろぼろと目からこぼれ落ちたけれど……。

「蒼太、なにしてるんだ？」

後を追ってきた光樹が、荷造りをしている蒼太の背中に不思議そうに声をかける。

「家に帰る」

「今から？　明日も休日だから帰るのは構わないが、今からだとちょっと遅すぎないか？」

「遅くてもいいんだ。もう、ここにはいられないし……」

「蒼太？」

光樹は怪訝《けげん》そうに蒼太の顔を覗き込み、無表情のままでぼろぼろ涙を流す蒼太を見てギョッとした。

「おい、どうして泣いてるんだ？」

ぐいっと肩を摑まれ、強引に向きを変えられそうになった蒼太は、光樹のその手を邪険に払うと、手の甲で涙をぬぐってバッグ詰めの作業を続けた。

「泣いてないよ」

「泣いてるじゃないか……。ちょっと待てよ。そんな状態じゃ家に帰すわけにいかないから」

「うるさいっ！」

見え透いた嘘をつくなと言わんばかりの光樹の口調に、蒼太は思わず怒鳴っていた。

「泣いてないってばっ！　もう放っといてよ！」

本当は凄く嫌なのに、それでもここから出て行こうとしているのは、光樹がそう望むから……。

（だから出て行こうとしてるのに……）

いま引き止められて慰められたとしても、あまりにも的外れなその慰めに蒼太は逆に傷つくし、さらに辛くなるばかりだ。

光樹の優しさを素直に受けとめることができなくなる日が来るだなんて、夢にも思わなかったのに……。

蒼太はどうしていいかわからなくなって、思わずバンッと鞄を両手で叩いていた。

「俺はここにいちゃいけないんだろ？　光ちゃんがそう言ったんじゃないか。だから家に帰るって言ってるのに！」

「蒼太、ちょっと落ち着け、な？」

「嫌だ！　もう嫌だ！　帰るったら帰るんだ！」

そう叫んで、ふと気づく。

「……ああ、でも、あの家にも、もう帰れないんだっけ……」

週末に泊まりに行くことならできるが、ずっと居続けることはできない。

そんなことをしたら光樹との間になにかあったことが家族にばれてしまうし、それにあの家にはもう自分の居場所はない。

戻ったりしたらまた義父の悩みが再発するだけだし、すでに三人家族としてうまくやっているところに戻ったところで、きっと居心地の悪い思いをすることになるだけだ。

（俺だって、あの家族の一員なのに……）

最初のうちこそ色々思うところはあったけれど、杏里と仲良くなって両親の再婚を後押しするようになってからは、蒼太自身が四人家族になることを望むようになっていた。

一緒に暮らすようになってからは毎日が幸せで楽しくて、だからこそ、その幸せを守る為に、ひとり家を離れる決意をしたはずだった。

あの頃は、それが最善の道だと思っていたから……。

それなのに今、あの幸せな家に帰ることをためらう自分がいる。

自分の居場所は、もうあそこにはないのだと感じてしまっている自分がいる。

（……帰りたいのに……）

自分が守ったはずの幸せの中に、自分がすんなりと戻れなくなる日が来るなんて思ってもみなかった。

「……なんでかな？」

「蒼太？」

「なんで俺、居場所がないんだろ。みんなのことが大好きなのに……」

母はもちろんのこと、杏里だって大好きだ。

義父のことだって、自分が少し我慢するだけでその悩みを解消してあげられるのならばと思えるぐらいに好きなのだ。

それなのに、あそこにはもう蒼太の居場所がない。

「みんなだって、俺のこと好きでいてくれるのに……」

母も杏里も義父だって、蒼太のことを想ってくれている。

光樹だって、ずっと蒼太のことを想ってくれていたはずなのだ。

それなのに、ここが自分の居場所だと素直に思える場所がどこにもない。

「俺、なにか間違えた？　ねえ、光ちゃん教えて……。俺、間違ってたのかな？」

ぼろぼろ涙を零しながら光樹を見上げると、光樹は痛ましそうな顔をした。

「おまえは我慢しすぎたんだ。もっと我が儘になってもよかったんだよ」

「我が儘って、どうやるの？」

「思ってることを、我慢しないで全部言えばいい。なんだったら、俺が親父さんにかけあってやる。あんたが馬鹿な不安を抱いてるせいで蒼太が悩んでるって……。もっと、自分の息子を信頼しろって言ってやる。大丈夫だ。俺が家に帰れるようにしてやるよ。——だから、そんなに泣くな」

光樹の手の平が頬に触れて、溢れる涙をぬぐい取ろうとしてくれる。

蒼太は、その手の平に頬を自分からすり寄せた。

「……帰りたくないよ」

「え？」

「俺、家よりここがいい。光ちゃんの側がいいよ。光ちゃんが本当に大好きなんだ」

「蒼太……なに馬鹿なことを言ってるんだ」

「馬鹿なこと？　なんで？」

蒼太は、きょとんとして光樹を見上げた。

「我が儘を言えって言ったの、光ちゃんだよ？　思ってることを全部言えって言ったじゃないか。俺は言われた通りにしただけなのに……」

「言われた通りって……おまえ……」

光樹が怪訝そうに眉をひそめる。

「そっか……。光ちゃんは俺を嘘つきだと思ってるんだもんね。嘘つきな俺の言うことなんて、信じるわけなかったんだ」

ははっと、蒼太は泣きながら乾いた声で笑う。

――事なかれ主義の空気読み過ぎ、周囲に気を遣いすぎるあまり、今では本心を口にすることすらできなくなった可哀想な嘘つき。

それが光樹の中にいる今の自分の姿なんだろう。

長い時間をかけて培われたそのイメージは、きっとそう簡単には覆せない。

今の蒼太がなにを言おうと、光樹には可哀想な嘘にしか聞こえないのだ。

「嘘つきだって思われてる限り、絶対に信じてもらえやしないのに、何度も何度も無駄なこと言って……」

好きだと言っても信じてもらえない。

側にいたいと言っても馬鹿なことをと拒絶される。

優しさという扉が目の前に立ちふさがって、望む居場所にどうしても入れてもらえない。

「……俺って、ほんと馬鹿」

自嘲気味に笑っているうちに、今度はなんだか怒りがこみ上げてきた。

(でも、光ちゃんだって一緒だ)

ほんのちょっとだけ扉を開けてくれたなら、ほんのちょっとだけ信じてみようかって気にさえなってくれれば、お互いにとって一番幸せな未来を、今すぐにでも手に入れることができるはずなのに……。

「光ちゃんの馬鹿‼」

沸々とこみ上げてくる怒りのままに、蒼太はいきなり怒鳴った。

「え？」

そんな蒼太の剣幕に、光樹はただただ驚いた顔をしている。

「俺は嘘なんかついてないよ！　光ちゃんが嘘つきなんじゃないかっ！　我が儘言っていいんだって言ったくせに、俺の話を全然信じようともしないで……」

お互いが望むものは、もうここにある。

長年の先入観に目隠しされている光樹には見えていなくとも、蒼太の目には確かにそれが見えているのだ。

それなのに、どうしてそれを自ら諦める必要がある？

どうして光樹に言われるままに、大人しくここから出て行かなくてはならない？

「やっぱり止めた‼」

事なかれ主義も、空気を読むのも、もう止めだ。

もっと我が儘になっていいと言ったのは光樹なんだから、蒼太の我が儘を受けとめる義務だってあるはずだ。

「俺はここに居る！　絶対に出て行かないからな！　俺から離れたいんなら、光ちゃんが出てけばいいんだ‼　――光ちゃんなんか、もう大ッ嫌いだ！」

怒りのままに、どんっと両手で光樹の胸を叩いて泣きながら叫ぶ。

「ちょっ……蒼太！」

光樹は、蒼太の叩く手を止めようとはせず、ただその腕を伸ばして強引に蒼太を抱き寄せようとした。

「放してよ。放せっ」

「いいや、放さない！　――蒼太、疑って悪かった」

打ちつけられる拳《こぶし》をものともせずに、光樹は蒼太を抱き締める。

「おまえを信じるよ。信じるから、頼むからもう泣かないでくれ」

蒼太はがむしゃらに暴れたが、腕ごとぎゅうっと強く抱きすくめられて、あっさり動きを封じられた。

「うるさいっ！　俺の言うことなんかもう信じなくてもいいよ。俺はもう光ちゃんのことなんか大ッ嫌いなんだから！」

拘束されてもなおじたばたしたが、光樹の腕の力は弱まらず、むしろさらに強くなる。

「今度こそ本当にわかった」

「なにが⁉」

「おまえの気持ちが……。――大ッ嫌いだっていうのが嘘なんだろう？」

「嘘じゃないよ！　俺は嘘つきなんだから、嘘なんかつかない！」

「嘘をつかないのに、嘘つきなのか？」

「……え？　あれ？」

すっかり混乱しまくって、自分がなにを言ったのかを把握しきれなくなった蒼太が思わず動きを止めると、光樹のほっとしたような笑い声が耳をくすぐった。

「ごめん、信じなくて本当に悪かった。……まさか、こんな夢みたいなことが本当にあるなんて思わなかったもんだからさ。ここ最近、余所《よそ》の女の子におまえを取られるんじゃないかってずっと焦ってたせいもあって、ちょっと疑い深くなってたんだ」

「余所の女の子って、杏里？」

「そっちじゃなく、ハートのついたストラップくれたクラスメイトのほうだ。休日に一緒に買い物に行くなんて言うから、今度こそやばいんじゃないかと思ってさ」

「だから、あの子には彼氏がいるんだってば。それに、買い物の話は、その……嘘だし……」

嘘なんかつかないと叫んだ直後だけに、さすがに気まずくて語尾が小さくなる。

「嘘？」

「うん。……あの日、竜ちゃんが俺のことで光ちゃんを責めるのを聞いちゃったもんだから、なんかちょっと気まずくてさ」

蒼太は、竜一絡みの事情をちゃんとすべて光樹に話した。

「……あの野郎。散々引っかき回しやがって」

「でも、それがきっかけになって、自分が光ちゃんに恋をしてるんだってことに気づけたんだけど……」

「それまでは恋じゃなかったのか？　それなのに、なんで俺に抱かれてたんだ？」

「なんでって……さっきも言ったけど、嫌じゃなかったし……」

「ああ、そうか……。蒼太は気持ちいいことされるの好きだもんな」

蒼太を抱きすくめていた光樹の右手が、いきなり蒼太の脇腹をそろりと撫でる。

「……や」

この不意打ちに、蒼太はぴくんと敏感に反応してしまった。

「もう、止めてよ」

ほんのちょっとした刺激に簡単に反応して変な声が出てしまった気恥ずかしさもあって、蒼太は光樹を軽く睨《にら》んだ。

だが、睨まれた光樹は逆に嬉しげな顔になる。

「最初のときは、こうしても、ただくすぐったがってただけなのにな」

「そうだったんだ？」

「本当に覚えてないんだな。くすぐったがって笑い転げる姿も、もの凄く可愛かったのに」

（可愛いって……）

面と向かって言われると、嬉しいけどやっぱり気恥ずかしい。

照れ臭さから耳元を赤く染めた蒼太は、俯いて光樹の胸に顔を隠した。

「なあ、蒼太。最初にここに触れたときのことも覚えてないのか？」

脇腹をくすぐった手が焦《じ》らすようにゆっくりと下に降りていって、蒼太のお尻をぎゅっと摑む。

「んっ。……覚えて……ない」

「ここも、最初はぎちぎちに硬かったのに、今じゃこうしてちょっと弄ってやっただけで、すぐに欲しがって柔らかくなる」

「……ふあっ」

ぐりぐりっと服の上からそこを指で押されて、蒼太の口からはやっぱり変な声が漏れてしまう。

「ちょっ、光ちゃん。止めてってば」

「いきなりこっちは嫌か？　じゃあ、こっちのほうがいいか？　蒼太のここは綺麗な色をしてて美味そうだから、俺も弄ってて楽しいしな」

すかさず前に回った手が、蒼太のそこを服の上からゆっくりと揉み込む。

じわっと心地好《よ》さが広がっていって、困ったことにそこはすぐに膨らんでしまう。

「あ、……嫌だってば」

簡単に反応してしまう自分が嫌で、蒼太は光樹から逃れようと身をよじったが、もう片方の腕でがっちりと抱き込まれていて逃げられない。

「嫌じゃないだろう。こんなになってるのに……。ああ、そうか。服の上からじゃもどかしくて嫌だって言ってるのか？」

そうだろう？　と耳元で普段より低めの声で甘く囁かれる。

蒼太はたまらずぶるっと身を震わせた。

（ああ、もう、ほんと嫌だ）

甘い刺激と甘い声に、すぐに頷きそうになってしまう自分が……。

「耳元で変なこと言うのやめろよ！」

蒼太は甘い声にくすぐったさを覚えている耳を、ごしごしと光樹のシャツに無理矢理擦りつけた。

「俺、まだ怒ってるんだからな！　光ちゃんが信じてくれなかったの、ほんとのほんとにシヨックだったんだから！」

まだ全然許してないし、しっかり拗ねてもいるのだ。

そう意思表示すべく睨みつけてやったのに、光樹はやっぱり嬉しそうに微笑んだままだ。

「わかってるよ。これでも本気で悪かったと思ってるんだ。――ごめんな、蒼太」

怒ってるのに、やっぱり耳元で甘く囁かれると、ついぞくぞくしてしまって、心からも身体からも力が抜けてしまう。

「……光ちゃん、狡い」

光樹は蒼太が自分の声に弱いのを知っていて、わざと声の調子を変えて甘く囁いているに違いない。

蒼太が涙の滲んだ目でしつこく睨みつけると、光樹は軽く首を傾げて微笑んだ。

「大人は狡いもんだって教えただろう？」

蒼太が折れると確信している余裕綽々《しゃくしゃく》のその態度に腹が立つ。

それなのに、今まで見たことのないほどに幸せそうな光樹の笑顔が眩《まぶ》しすぎて、堪えきれずに蒼太は睨みつけていた目をついつい少し和《やわ》らげてしまう。

「……俺のこと、ちょろいと思ってるだろ？　そんで、簡単にうやむやにできると思ってるんだ」

「とんでもない。うやむやにしようとしてるんじゃないよ。もう一度、最初からはじめようとしてるんだ」

「はじめから？」

「そう。最初はおまえが酔ってるのをいいことに、騙すようにして抱いてしまったから……。その後は、気持ちいいことに弱いおまえにつけ込んで、うやむやのままで関係を続けてきただろう？　だから、今度は気持ちを動かそうと思ってさ」

口説《くど》こうとしてるんだよ？　と再び耳元で甘く囁かれて、ぞくぞくっときた蒼太は真っ赤になった。

「だから、それやめろってば！　そういうことされると、まともにものが考えられなくなるんだから……。それに、気持ちいいことに弱いって言い方も止めてよ。……まるで、俺がスキモノみたいじゃないか」

失礼だと睨みつけると、光樹は「事実だろう」と軽く肩を竦めた。

「ひどっ！　もう、違うってば！　俺は気持ちいいからじゃなくて、光ちゃんだから許してたんだ‼」

「俺だから？」

「そう、光ちゃんだからだよ。……最初からそうだったんだ。俺は騙されてなんかない」

「本当に？」

「うん。それに、なんで口説くなんて言うのさ。俺は、光ちゃんが好きなんだって、さっきから何度も言ってるのに……。——まだ俺のこと信じてないの？」

しつこく睨みつけると、光樹が狼狽えたように蒼太を拘束していた腕を緩めた。

「いや……信じてる。うん、そうだな。もう……口説く必要はなかったんだな」

「そうだよ。いいかげんにしてよね」

自由になった蒼太は、今度は自分からばふっと光樹の胸に飛び込み、背中に腕を回してぎゅっと抱き締めた。

「ちゃんと大好きなんだから」

「うん、ごめん。本当に悪かった」

光樹は天井を見上げて、いったん目を閉じた。

やがて目を開けると、ゆっくりと視線をおろして蒼太のつむじを見つめる。

「蒼太、信じなくて悪かった。——俺を許してくれるか？」

「許すよ。光ちゃんのこと大好きだから、特別に許してあげる」

蒼太は光樹を見上げて、にんまり笑う。

「ありがとう。……おまえは、本当に可愛いなぁ」

光樹の腕が再び蒼太を抱き締める。

拘束するのではなく、ふわっと包み込むように……。

蒼太はそれが嬉しくて、光樹の胸に頬を何度も擦りつけた。

この状態を放置する手はないなと、膨らんだままの蒼太のそこに光樹の手が触れてくる。

「これ、どうして欲しい？」

口か手かと問われた蒼太は、素直に口と応えた。

じゃあさっそく広いベッドに行こうと光樹の部屋に引っ張り込まれ、光樹の手でするりと全部服を脱がされてベッドに転がされる。

「光ちゃんも脱いでよ」

「はいはい」

蒼太の要求に、光樹は服を脱ぎはじめた。

高い身長に長い足、肩幅がしっかりとある引き締まった逆三角の身体に「いいなぁ」と思わず溜め息が零れた。

「なにがいいんだ？」

「光ちゃんの身体だよ。俺もそれぐらい大きくなりたかったのに……」

「もう諦めたのか？」

「期待するなって言ったのは光ちゃんだろ」

「悪い」

むうっと尖らせた蒼太の唇に、光樹が屈《かが》み込んでちゅっとキスをする。

「灯りは消したほうがよかったんだっけか？」

蒼太が明るいところでするのを好まないと勘違いしたままの光樹が聞いてくる。

「つけたままでいい。前はさ、自分がお父さんの身代わりなんじゃないかって思ってたから、明るいところで抱かれて、このそばかすとか低い鼻とかを見られるが嫌だったんだよね」

鼻先に指を当ててそう言うと、「ああ、それでか……」と光樹が頷く。

「うん。でも、もう平気。俺、光ちゃんにならどこ見られたって恥ずかしくないから」

「……そうか」

可愛いなと囁きながら、光樹が唇を寄せてくる。

蒼太は自ら舌を出してその唇を迎え入れながら、光樹の広い背中に腕を回していった。

「……んっ……ふ」

深く、深く唇を合わせて、舌を絡め、互いの口腔内を探り合う。

受けとめた光樹の重みが心地いい。

（ああ、気持ちいい）

ぴたっとこうして肌をくっつけあっただけで、ふにゃっと心と身体が柔らかくなっていくのを感じる。

今までも気持ちよくはあったけれど、それはセックスに係わる行為に対してであって、こんな風にほうっと安堵《あんど》の溜め息が零れるような心地好さではなかった。

（きっと、ちゃんと気持ちが通じたからだ……）

本当に大好きなんだってことを光樹が信じてくれて、同時にずっと以前から自分が愛されていたことを知った。

従兄弟としてではなく、愛しい存在として……。

なし崩しでずるずると抱き合っていた頃とは、やっぱり感じ方も違う。

そうと気づいたら、ちょっと怖くなった。

蒼太が光樹の肩を軽く叩くと、光樹は名残惜《なごり》しそうにキスを中断した。

「……どうした？」

「あの……あのさ、ちょっとだけ今日は手加減してくれないかな」

「なんだ、それ？」

「なんか、今日は気持ちよくなりすぎるような予感がするからさ」

ちょっと怖い、と素直に言うと、光樹は「そうか」とそれはもう嬉しそうな顔をした。

「そういうことなら、大サービスして頑張らないとな」

「俺は頑張らなくていいって言ってるんだけど……」

「そう言うな。気持ちいいのは、怖いことじゃないんだって教えただろう？」

「……怖いものは怖いよ」

「俺がここにいるから大丈夫だ」

な？　と嬉しそうに笑いかけてくる顔が怖い。

嫌な予感がして、ちょっとびびってずり上がりかけたが、察した光樹に逆に引き寄せられてしまった。


「あ……あ、光ちゃん……もう駄目。……もう出ないっ……てば……」

嫌な予感は当たり、蒼太は光樹に泣かされ続けている。

望み通りに口でしてもらったときだって、根本を押さえ込まれてなかなか達《い》かせてもらえずに泣かされた。

その後は、俯《うつぶ》せにされ、蒼太が出したものを後ろに塗り込まれて、光樹の指でそこを散々嬲《なぶ》られ続けている。

同時に前も弄られているのだが、口でしたときとは逆に光樹は故意に蒼太を達かせようとしてばかりで、何度も何度も吐き出させられて蒼太はもうヘトヘトだ。

「そんなことないだろう。もうちょいいけるんじゃないか？」

「あっ！」

ぎゅっと乳首をつままれて、同時に散々弄られて柔らかくなった内壁の感じるところを、ぐりっと強く指先で刺激されて、ぱたぱたっとシーツに吐き出したものが飛び散る。

「確かに、随分と量が減ったな」

指を引き抜き、達った衝撃からぺたっとシーツに倒れ込んで息を荒くしている蒼太を愛おしげに見下ろしながら、光樹は嬉しそうに言った。

「も……俺ばっかり……」

蒼太はころんと転がってシーツに仰向《あおむ》けになると薄い胸を上下させた。

さっき強くつままれた乳首がなんだかヒリヒリしたままで、大丈夫かなと心配になって指先で探りつつ光樹を見上げる。

「光ちゃん、まだ一回も達ってないだろ？　どうすんのさ」

「どうするもこうするも、まだまだこれからだろう？」

両膝を掴まれ、ぐいっと足を開かれた蒼太はギョッとした。

「ちょっ……嘘。今から挿《い》れるの？　俺、もう無理だよ。出るものない」

「大丈夫だ。出さなくても気持ちよくなれるから……」

ドライオーガズムって知ってるか？　と言いつつ光樹がゆっくりとのしかかってくる。

「その気持ちいいのが怖いんだってばっ。――ちょっ、あ……うあ」

散々弄くり回されて柔らかくなっているそこは、本人の意志に反して、光樹の熱い塊《かたまり》を嬉々として飲み込んでいく。

「あ……あ、だめ、動かないで……」

じりっと熱いものが内壁を押し広げていくにつれて、じわっとそこから甘い痺れが全身に広がっていく。

出すものがないのに、これ以上気持ちよくなるのは怖い。

射精という解放がない快感には果てがないような気がして……。

怖い怖いと訴える蒼太を見下ろして、光樹はしょうがないなと動きを止めた。

「少しじっとしててやるよ。その代わりに、こっちを弄ってやろうか？」

無意識に指先で触れたままだった乳首に、光樹が唇を寄せてくる。

「あ、だめ」

嫌な予感がして手の平で覆って隠したのだが、あっさり手首を摑まれて排除された。

「ああ、ちょっと赤くなってるな。さっきちょっと強くつまみすぎたんだな。ごめん。舐めて治してやるよ」

「わ、ちょっ、そんなんじゃ治らないよ」

止める間もなく光樹の舌が、つままれて赤くなっていた右の乳首をぺろっと舐める。

「や」

「痛かったか？　それならもっとそっと舐めてやらないとな」

ぞくっときた蒼太が声をあげると、光樹はちょろっちょろっと舌先でそこを弄る。

その途端、さらにぞくぞくっと電流が走ったように身体が甘く痺れた。

「あっん」

思わず蒼太が変な声を漏らすと、光樹が嬉しそうな顔をした。

「ああ、やっぱり痛いんじゃなくて、感じてるのか。だったら……」

ちゅっと唇を寄せてから、再び舌先で乳首を転がして、弄くり倒す。

「や……だ。光ちゃん。――あっ！」

ぷっくり膨らんだ乳首を不意にカリッと甘噛みされ、その途端刺すような快感が全身を巡って、びくんと身体が反り返る。

その動きが、中に入ったままだった光樹のそれを蒼太に強く意識させた。

「あっ……あ……あ！　……やだあ！」

ぞくぞくぞくっと、今までにないほどの快感が全身を巡る。

未知の快感が怖いのに、身体が心を裏切って、もっと光樹を感じようとして腰が揺れる。

射精のときに似た激しい快感が、何度も何度も波のように身体の中を駆けめぐり、ビクンビクンと光樹を飲み込んだそこが痙攣《けいれん》する。

「ひあ……や……あっ……ああっ……光ちゃん」

助けて、と救いを求めて両腕を伸ばすと、光樹は蒼太の腕の中に降りてきて、そうっと耳元に唇を寄せた。

「蒼太、どうして欲しい？」

「あっ」

いつもより低く響く甘い声に、またそこがびくんと甘く疼く。

「わかっ……わかんない……あっ……」

「怖いんなら、抜こうか？」

それがゆっくりと出て行こうとして、ずるっと身体の中を動く。

「いや……やだぁ」

完全に引き抜かれる前に、蒼太は我知らず光樹にぎゅっとしがみつき、逃すまいとそこを締めつけていた。

「っつ、蒼太。そんなに締めつけたら、さすがに俺も辛いって……」

「だ、だって……それ、やだ……」

「なにが嫌？　嫌だから抜いて欲しいんじゃないの？」

「抜くの……だめ」

「このままじっとしてる？」

「や、あっ……だめ……」

じっとされたままだと、このままずっとこの状態が続きそうで怖い。

怖いのに、身体の中を何度も巡るこの絶頂感が終わるのも嫌だ。

「だったら、動いてもいい？」

もっと気持ちよくなれるよ、と耳元で甘い声が響く。

この誘惑に抗《あらが》えずに、蒼太は気がつくと何度も頷いていた。

思い通りの返事を引き出した光樹は、蒼太が見ていないのをいいことに、舌なめずりする勢いで心底嬉しそうににやりと笑う。

「ありがとう、蒼太」

わざと耳元で甘く囁き、素直な蒼太がぶるっと小さく震えるのを楽しげに眺めてから、光樹はゆっくり動きだした。

「んんっ……あ……はっ……こうちゃん」

じわりとそれが動くだけで、蒼太の全身をぞくぞくっと快感が巡る。

ぐりっといいところを強く刺激され、何度も中を熱い棒でかき回され、ゆらゆらと身体を揺さぶられて、蒼太はその度にひっきりなしに喘《あえ》ぎ声を漏らした。

甘い痺れが細胞のひとつひとつを支配して、もう蕩けてしまいそうだ。

わけがわからなくなるほどの快感に、蒼太は涙を滲ませた目をぼんやりと見開いたまま、浅く早い呼吸を繰り返している。

甘く痺れて力の抜けた唇から、唾液がつうっと溢れて、それを光樹が愛おしそうに舐め取った。

「蒼太、気持ちいいか？」

甘い声で囁かれ、蒼太はとろんとした目で光樹を見上げて、小さく頷いた。

未知の快感に思考まで犯されて、半ば正気を失っているその様子を情欲に満ちた目で眺めた光樹は、蒼太をゆっくり揺さぶり続けながら「俺のものだ」と嬉しそうに呟く。

「可愛いな。ずっと、こんな風にとろとろにしてやりたかったんだ。……怖がられて逃げられないようずっと我慢してたけどな」

でも、もう俺のものだと呟く声に、身体と心が素直に喜びを感じて、ぞくぞくっとひときわ激しい快感が甘く全身を巡る。

（……逃げるだなんて……）

自分が光樹から逃げるだなんて絶対にあり得ない。

蒼太にとって光樹の側は、気疲れしたときに安心して駆け込める最後の砦《とりで》、いつだってどこよりも安心できる場所だった。

でもこれからは、ここが蒼太の居場所になる。

駆け込む先ではなく、帰る場所。

光樹のいる場所が自分の居場所だと、蒼太自身の心がそう決めた。

だからもう絶対にどこにも行かない。

ずっとずっと光樹の側にいる。

「……ん……こうちゃん……」

ゆらゆら揺さぶられながら、蒼太は力の抜けた腕を光樹の首に絡ませる。

「なんだ？」

「……こうちゃんも、俺の……だよね？」

「もちろん、そうだ」

蒼太の問いに、光樹が嬉しそうに優しく微笑む。

「だいすき」

すっかり嬉しくなった蒼太は、ぎゅっと首にしがみついた。

「俺もだ。蒼太」

――愛してるよ。

思いを込めたその甘い囁きに、びくんと大きく身体が跳ねる。

甘すぎる喜びに身体がどろどろに蕩けていくような錯覚に襲われながら、蒼太は小さく頷き返した。

「――んっ、おれ、も……」

ぎゅっとしがみついて応えたのが、最後の記憶。

完全に正気を手放した蒼太は、激しすぎる快感にすべてを委《ゆだ》ね、甘い夜の中に蕩け落ちていった。

6

ここ最近、蒼太は毎週のように実家に帰っていた。

日曜日の夜、実家で夕食を食べてから光樹のマンションに戻ると、玄関に光樹の靴だけじゃなく竜一の小汚いスニーカーまであるのを発見する。

（……またこのタイミングで来てる）

蒼太はちょっとムッとしつつ、「ただいま～」と大きな声で言いながら、リビングダイニングのドアを開けた。

リビングのソファのほうで酒を飲んでいたふたりは、蒼太の声のするほうに同時に顔を向けた。

ちなみに、光樹の初恋は蒼太の実父に違いない、などという、はた迷惑な勘違いしていた竜一は、光樹から気色《きしょく》悪い勘違いをするなとぎっちぎちにしめられた。

その後、光樹と蒼太が改めてちゃんと恋人同士としてつき合うようになったことを報告すると、蒼太が本心からそれを望んでいるのならなにも問題はないと納得してくれた。

その上で、自分の勘違いから蒼太に余計な不安を与えてしまったことを謝ってもくれた。

本当に気のいい男なのだ。

「おう、邪魔してるぞ」

「竜ちゃん、いらっしゃい」

実家から持ち帰った荷物をキッチン側の床に置いてから、蒼太はとりあえずまっすぐ光樹の元へ行く。

「光ちゃん、ただいま」

「おかえり」

屈み込んでちゅっと触れるだけのキスを光樹の唇にして微笑みかけると、ご褒美のように抱き寄せて膝に座らされて、頬を優しく撫でられた。

「夕ご飯、食べた？」

「ああ、竜一が無性にカツ丼が食いたくなったって言うんで、つき合いで食べてきた」

「そう、よかった。——竜ちゃん、誘ってくれてありがと」

振り返ると、竜一は苦虫を嚙みつぶしたような顔をしている。

「おまえら、ちょっとは俺に遠慮しろよ」

「一日半ぶりの再会なんだから、これぐらいは大目に見て。……っていうか、そっちこそ、このタイミングで来るのを遠慮したら？」

「まあ、そういうなって……。今日のお土産はあれか？」

立ち上がった竜一が、キッチンのほうに行って蒼太が置いた荷物を漁《あさ》りはじめる。

「あ、ちょっ……勝手に弄るな」

蒼太は慌ててかけよって、竜一から荷物を奪取する。

実家に帰る度、杏里が必ずと言っていいほど蒼太に手作りお菓子を持ち帰らせていることを知った竜一は、このタイミングで訪ねてきては杏里のお菓子を半ば強引に奪い取っていくようになってしまっていたのだ。

「ったく、もう……。ほら、これ」

蒼太は持ち帰ったエコバッグから、手作りマカロンの入った小さな硝子《ガラス》製の保存容器を取り出した。

「杏里から、竜ちゃんにって」

「俺に？」

「そ。毎回お菓子を奪われる俺が可哀想だからって、仕方なく、竜ちゃんの分も作ってやるってさ」

「お～、そっか。そりゃ嬉しいな。杏里ちゃんに礼を言っといてくれ」

「わかった」

嬉々としてマカロンを口に放り込む竜一を見て、今度は蒼太が苦虫を嚙みつぶしたような顔になる。

（……なんでよりによって……）

完成したマカロンを容器にしまう際、杏里はそりゃもう呆《あき》れるほど真剣な顔で出来のいいのを選んでは、竜一用のだという保存容器に入れていた。

そういえばメールのやり取りをしているときも、竜一の話題を出すと杏里の喰《く》いつきがよかったような気がする。

なんとな〜く嫌な予感がした蒼太が「杏里ってさ、もしかして……」と聞こうとすると、勘のいい杏里は蒼太が言い終わる前に察してしまったらしく、かあっと真っ赤になって露骨に狼狽え、持っていたマカロンをポロッと取り落としてしまった。

「……やっぱり、そうなんだ」

答えを聞くまでもないと蒼太が溜め息をつくと、杏里は真っ赤になったままで「そうよ、悪い？」と頷く。

普段通りの強気を装ってはいるが、微妙に声が震えているあたり、杏里の本気度がわかろうと言うものだ。

「竜ちゃんと杏里って、そんな何回も会ってないよね？」

「回数なんて関係ないもの。最初に会ったときに、この人だってピンときたの」

どこがいいんだと聞いてみたら、頑丈そうでちょっとやそっとじゃ死ななそうなところとか、エリートコースからいったん挫折した後にしぶとく立ち直ったところとかがタイプなんだと杏里が言う。たぶん、病弱だった実母の死を見送った経験が影響しているのだろう。

首も腕もぶっとい竜一がタイプならば、手足のひょろっとした蒼太が杏里にとって最初から完全に恋愛対象外だったのも頷ける。

ばれちゃったんならもういいわねと真っ赤になりつつも開き直った杏里に、「今度、竜一さんが遊びに来てるときに、そっちの家に遊びに行かせて」とお願いされた。

今までも何度かお願いしかけたのだが、竜一に恋をしていることを蒼太に知られるのがどうしても照れ臭くて、なかなか言い出せなかったのだと杏里は言う。

(確か、一年以上会ってないはずだよな)

その間、自分経路で細々と伝わる情報だけを頼りにひとりで一喜一憂していたのかと思うと、その一途《いちず》さが愛おしく思える。

だが、それでも蒼太は杏里のお願いを却下した。

男所帯に女の子ひとりで遊びに行くなんて義父が嫌がるだろうから、というのが断った表向きの理由だが、実際はちょっと違う。

普段は強気な杏里が垣間見せた恋する少女らしい戸惑いに、シスコンとしての意識が目覚めてしまったのだ。

(大事な杏里を、あんな歳《とし》の離れたバツイチのおっさんに渡せるかよ)

竜一がいい人だってことはよっく知っているが、それとこれとは別問題だ。

というか、相手が誰であろうと、そう簡単に可愛い妹を委ねるつもりはないけれど……。

なんてことを考えた直後に、ふと気づく。

自分の大切な恋人が、そのおっさんと同い年なのだということに……。

（そういや、光ちゃんも自分のこと、世間的には変態だって言ってたっけ……）

自分がその立場になってしまうと、好きなんだから年の差なんて関係ないと言い切れるし、気にもならないのだが、周囲からはそうは見えないものなんだってことを改めて実感した出来事だった。

だからといって、杏里の恋路に協力するかと言えば、そうは問屋が卸さない。

（とりあえず今は駄目）

杏里が大学生になってもまだしつこく竜一に好意を寄せているようなら、もう仕方ないから親友としての立場で協力してやってもいいが、今は兄の立場として認められない。

あたしは協力したのに～と、杏里には膨れられたが駄目なものは駄目。

もっとも、杏里がその気になって突っ走り出したら、自分ではもう止められないこともわかっていたけれど……。

目的のものをゲットした竜一が機嫌よく帰った後、蒼太は珈琲を飲みつつ、杏里のマカロンをじっくり味わって食べた。

「美味いか？」

にこにこ幸せそうな蒼太を見て、光樹が微笑む。

「もちろん。一個食べる?」

「いや、甘いものは遠慮しとく。おまえが食べてるのを見てたほうが楽しいよ」

「そ、そういうこと言われると、微妙に照れ臭いんだけど……」

思わず赤面した蒼太に、光樹は「馴れろ」とあっさり言う。

「で、どうだった?」

「うん。今回は、ちゃんと話してきた」

ここ最近、週末の度にきちんと実家に帰るようにしているのには理由がある。

義父とふたりきりで話をする時間を持ちたかったのだ。

母や杏里がいるとなかなかその機会が得られず、ずっと空振《からぶ》りに終わっていたのだが、今回は運良く母が夜勤で、杏里がお風呂というタイミングで義父と話をすることができた。

「それで?」

「やっぱり、光ちゃんが言うように話してみてよかったよ」


――一度、ちゃんと親父さんと話してこい。

光樹からそう言われたのは、想いを確かめあった翌日のことだった。

自分の居場所は光樹の側だと決めたばかりの蒼太にとっては、なにを今さらという気分だ。

その問題が解決したところで実家に戻るつもりはないし、下手に問題を掘り起こして事態が悪化するのも困る。

だから嫌だと言ったのだが、それでは自分の気がすまないと光樹は言う。

――俺は、その問題の棚ぼたでおまえを手に入れたようなものだからな。なんというか、そこのところがうやむやのままだと、どうにもすっきりしないんだ。

蒼太が家を出た行為は、問題からただ逃げ出しただけであって、本質的な解決にはなってない。自分で話すのが嫌なら俺が行くとまで言われて、蒼太は義父と話し合ってくると承知せざるを得なかった。

そして昨日、タイミングよく義父と話をすることができた。

蒼太は、まずなにも言わずに自分の話を聞いて欲しいと義父に前置きして、酔って記憶がないあの夜に義父がなにを話したのかを打ち明け、それに対して自分がどう考えて行動したのかもすべて話してみた。

蒼太が家を出た裏にそんな事情があったとは夢にも思っていなかった義父は、それはもうショックだったようだ。あの夜の自分を殴り飛ばしたいとうなだれ、そして深々と頭を下げて自分の失言を謝ってくれた。

――でもね、蒼太くん。君は勘違いしてるよ。……というか、僕が話の途中で酔いつぶれてしまったのが悪いんだよな。ごめん。謝ってすむことじゃないけど、本当にごめん。

何度も頭を下げる義父に、どういうことかと問いただしたら、あの夜の言葉には続きがあったのだそうだ。

――あの頃、確かにその件で僕が悩んでいたのは事実だ。

連れ子同士の仲がいいのは嬉しいが、あまりにも距離が近すぎるのではないかと……。

ただしそれは、杏里の蒼太に対する気安い態度のほうが問題だったらしい。

蒼太が元からゲイじゃないのだと知った今では自重してくれるようになったが、あの頃の杏里は下着が透けるような服で家の中をうろうろしたり、いきなり抱きついてみたりと、本人は信頼してじゃれているつもりでも、年頃の男の子にとっては刺激がありすぎる行動ばかり取っていた。

――自分も男だからわかるんだが、こっちにその気がなくても女性から積極的に身体を押しつけられたりすると、どうしても平静じゃいられないものだろう？

そのせいもあって、杏里から無邪気に懐かれる度に蒼太がひどく困っているのではないかと、義父はとても心配していたらしい。

――だからね。その夜の僕の言葉には続きがあるんだよ。

『蒼太くんはいい子だ。信用しても大丈夫だってことぐらい……パパだって、ちゃんとわかってるんだ』

義父はそこまで言って酔いつぶれて眠ってしまったのだが、もしも眠らなかったらこう続けていたはずだと言う。

『問題は杏里だ。杏里が距離なしなのが一番悪い』と……。


「そういうことか」

「うん。……そうみたい」

蒼太は、そこまでは神妙な顔で話していたのだが、堪えきれずにぷっと笑った。

「ただの勘違いで大騒ぎして、馬鹿みたいだよね」

「笑い事じゃないだろう。おまえは本当に辛い思いをしたんだから……」

「それはそうなんだけどさ。でも、杏里が俺に対して距離なしだったのも、俺が男にしか恋をしない人種だって勘違いしてたせいだしさ。あっちもこっちも勘違いだらけで、なんかもう笑うしかなくてさ」

「……蒼太」

ぷぷぷっと笑う蒼太を、光樹が呆れたように見ている。

「ごめ……」

蒼太は必死で笑いの発作を堪え、ひとつ咳《せき》払いしてから光樹を見た。

「光ちゃん、俺、今度こそ本気で反省したよ。もっとちゃんと人と向かい合わなきゃ駄目だって」

杏里の距離なしには、確かに蒼太も困惑していたのだ。

それでも下手にそこに突っ込んで気まずくなるのが嫌だったから、事なかれ主義を発揮して、気にしていないふりをしていた。

あの頃、どうしてそんなにくっついてくるんだと杏里に聞いていたら、きっと杏里は、だって蒼太は男の人に恋をする人種なんでしょ？　と答えてくれたはずだ。

そしたらそこで誤解を解くことができていただろう。

杏里の距離なしが収まれば、義父の悩みだって解消されていたはずなのだ。

光樹に対してもそうだ。

空気を読んで、普段の生活の中では秘密の関係には触れずにずるずるとなし崩しにしてしまっていたせいで、光樹を長いこと苦しめてしまった。

「反省してる」

呟くようにもう一度繰り返すと、おまえだけが悪いんじゃないよと、光樹は言った。

「悩むばかりで杏里ちゃんにきちんと注意しなかったおまえの親父さんも悪いし、思い込みで突っ走ってた杏里ちゃんも悪い」

「うん。……でも、みんな気持ちは一緒なんだよね」

大好きだから悩むし、大好きだから距離も近くなる。

「だからきっと俺達は、この先、もっとずっといい家族になれるよ」

蒼太がちょっと照れ臭そうに、でも自信満々にそう言うと、よかったなと光樹が微笑んだ。その微笑みが少し寂しそうに見えて、蒼太は首を傾げる。

「光ちゃん、なんでそんな顔するのさ？」

「ん？　いや……その分、俺のほうは寂しくなるなと思って」

「なんで？」

「なんでって……。家に帰るんだろう？」

「帰らないよ。帰るわけないじゃん」

義父からも帰って来るようにと言われたが、蒼太は断っていた。

自転車で十分の通学の楽さを知ってしまったら、長距離の通学には戻れないと……。

「これから受験だし、通学で時間を使うのが勿体ないって言ったら、渋々だけど父さんも納得してたよ。ただし、一ヶ月以上顔を見せないのは駄目だって」

「それでいいのか？」

「いいに決まってるじゃないか。なんでそんなこと聞くんだよ」

「だっておまえ、ひとりは寂しいって大泣きしてたじゃないか」

「それって、ずっと前のことだろ？　自分の居場所がなくなったみたいで寂しいって思ってたのは事実だけど、でもそれも俺の誤解だったし……。離れて暮らしてても、ちゃんと家族だって思えるようになったから、今はもう寂しくない。大丈夫だよ」

「本当か？」

「うん」

蒼太は自信たっぷりに頷いた。

「それにさ、俺の居場所はここだって、光ちゃんの側だってもう決めたんだ」

家に居場所があろうとなかろうと関係ない。

家に居場所があっても、蒼太は光樹の側がいいのだ。

「光ちゃんが出て行けって言っても出てかないからね」

「俺に気を遣ってないか？」

「そんなことしてない。っていうか、光ちゃん相手に空気読んだり気を遣ったりするのは、もう止めたんだ。肝心のときに信じてもらえなかったら困るからさ」

狼少年扱いはもう懲《こ》り懲りだと蒼太が言うと、光樹は気まずそうに苦笑して、悪かったよと肩を竦めた。


ずっとずっと大好きだった自慢の従兄弟は、今では誰よりも大切な恋人になった。

そして、ここが蒼太のいるべき場所。

誰よりも必要な人に必要とされる。

その喜びに蒼太は、なにも隠すことのないあけっぴろげな心で応える。

自分達にとっては、それが幸せへの一番の近道だと思うから……。

「そうか。ここにいるか……」

「ほっとした？」

「した。おまえの顔を毎日見られなくなったら、どうしようかと思ってたよ」

「ふふん。好きなだけ見ていいよ。その分、俺も光ちゃんを見てるからさ。光ちゃんはイケメンだから見飽きないしね」

美人は三日で飽きるって嘘だよね？　と蒼太が言うと、光樹はそれには応えずに肩を竦めた。

「おまえも見飽きない顔をしてるよな」

「人からはよく、どこかで見たような顔だって言われるけどね」

「そうか？　かなり個性的な顔立ちだと思うけどな。こんなに可愛いのは、どこ捜したって滅多にいないだろう」

光樹が真顔で告げる。

「……光ちゃん、ホンキ？」

「もちろん」

（光ちゃんって……）

深々と真剣に頷く光樹を見て、蒼太はちょっと呆れた。
誉《ほ》められるのは嬉しいが、それはどうだろう？
うっかり人前でそれを言われたりしたら、困ったことになりそうだし……。
世間の常識と自分の常識にズレがあることを自覚してもらうべきなんじゃないか？
新たな悩みを手に入れた蒼太は、幸せな気分のままでひとつ溜め息をついた。

狡い大人

最近、酒を飲んでいると、「俺にも飲ませて」と蒼太《そうた》がじゃれついてくるようになった。その度に光樹《こうき》は、未成年だから駄目だとか、また二日酔いになるぞと言って断り続けているのだが、どうにもこうにも諦《あきら》める気配がない。

普通だったら、許可など取らず、自分の留守中にでもこっそり隠れて飲みそうなものだが、それをしている気配もない。

ズルをしないのは偉いなと誉《ほ》めてやったら、蒼太はきょとんとした顔になった。

「ひとりで飲んでも意味ないじゃん」

「どうして？」

「俺はお酒が飲みたいんじゃなくて、酔った自分がどんな風になるか知りたいんだよ」

「ああ、なるほど。そういうことか……」

はじめて酒を飲んだ夜のことを、泥酔していた蒼太はほとんど覚えていないらしい。

いまだに、酔った自分がどんな風になるのか、そしてその場に居る人間にどんな風に絡んでいくのかが気になって仕方ないようだ。

（そういうことなら、なおのこと飲ませたくないな）

光樹は声に出さずに、そんなことを思う。

あの夜、酔っぱらった蒼太はわんわん泣いた。

俺ばっかりひとりなんて嫌だ。寂しいよと、ずっと心に秘めていた本心を吐露して……。

光樹と恋人同士となった今では、自分の居場所はここだから実家には帰らないと言ってくれるようになったが、酔って本心が出たらどう変わるかわかったものじゃない。

（泣き上戸《じょうご》だっていう可能性もあるし）

蒼太に大泣きされるのだけは、もう勘弁して欲しい。

以前のあの大泣きっぷりを思い出しただけで、今でも胸が痛むぐらいだ。

可哀想で、愛《いと》しくて、なんとしてでも泣きやませてやりたくなる。

あの夜だって、蒼太が泣きやむのならば、あのまま車に放り込んで実家にまで送り届けたかったぐらいだ。

それをしなかったのは、自分が帰ることで母の幸せに翳《かげ》りが出てはいけないと、蒼太が泣きながらも帰らないと頑固に言い張ったからだ。

その後、酔った蒼太をなし崩しで手に入れてしまってからは、光樹自身がどうしても蒼太を手放せなくなっていた。

本来ならば、一時的に保護者的立場になった自分が、蒼太の両親に直談《じか》判してでも問題を解決すべきだったのに、蒼太を手放したくない一心で、寂しい、家に帰りたいと泣いた蒼太の本心から故意に目をそらし、ふたりだけの生活を続ける道を選んでしまった。

義父との問題も解決した今では、蒼太が実家に帰るのに障害はない。

もしも障害があるとすれば、やはりそれは自分だけ。

(俺に気を遣って、帰らないって言ってるわけじゃないだろうが)

空気を読み過ぎる傾向のある蒼太が、自分が実家に帰ったら、光樹がまた不摂生な生活に戻ったり、ひとりで寂しい思いをすることになるのではと気を遣っているんじゃないかという不安が、ほんの少しだけ光樹の胸にはわだかまっている。

そんな心配を口に出そうものなら、まだ俺のこと信じてないんだと蒼太にふて腐れられるのが確実なので黙っているが……。

(むしろここは、蒼太を信じることにして、思い切って飲ませたほうがいいのか)

駄目だ駄目だと言い続けたせいで、業を煮やした蒼太が自分以外の誰かに一緒に酒を飲もうと誘ったりしたらと考えた光樹は、思わず不愉快な気分になった。

泥酔して前後不覚になった蒼太を、他の誰かの手に委《ゆだ》ねるような真似《まね》はしたくない。

なんてことをちょうど考えていたときのことだ。

「光ちゃんが駄目なら、竜ちゃんに頼もうかなぁ」

などと、まるでこちらの心を読んででもいるかのようなタイミングで蒼太が言った。

それで光樹は、本当は駄目なんだからなと念を押した上で、仕方なく自分の管理下で蒼太に酒を飲ませてやることにしたのだ。

☆

二日酔いになる危険性があるので、飲ませるのは休日の前夜。

記憶がなくなったときの為に音声を録音したいと蒼太が言うので、仕事で使っているICレコーダーを貸してやり、そのついでに、意識されないよう蒼太には内緒で、小型カメラを部屋にしかけておいた。

甘党で酒の味がまだわからない蒼太では、光樹が飲んでいるウイスキーやビールは美味《おい》しく感じられないだろうから、とりあえず甘い杏《あんず》のお酒をソーダで割って与えてみる。

「光ちゃん、これ甘くて美味しいね」

案の定、蒼太は大喜びだ。

「美味しいからって、ジュースみたいにゴクゴク飲むんじゃない。前回二日酔いになったのは、許容量を超えて一気飲みしたせいだぞ」

酔っぱらってふわふわしてきたところで飲むのを止めさえすれば、そうひどい二日酔いに襲われずにすむ。だから今回は、酔っぱらうラインを自分で把握できるようになる為にも、ゆっくり飲むようにと告げると、蒼太はわかったと神妙な顔で頷いた。

ソーダ割りだし、一、二杯程度ならばさして酔いもしないだろうと油断していたのだが、蒼太は二杯目の半分ぐらいのところで、「なんか楽しくなってきた」とにこにこしだした。

そして、三杯目を手渡してしばらくすると、今度は一転してぼんやりしはじめる。

(そろそろか……)

前回飲んだときも、むせた直後にしばらくの間ぼんやりしてから、突然ぼろぼろっと涙を零《こぼ》して、わんわん泣きだしたのだ。

「おーい、蒼太。大丈夫か?」

光樹は、ぼんやりしている蒼太の目の前で手を振ってみた。

「……あ、光ちゃん」

とろんとした目で微笑《ほほえ》んで光樹を見た蒼太は、手元に置いてあったICレコーダーを止めると、グラスの中に残っていたお酒をぐいっと一気飲みしてから、ゆらあっと立ち上がる。

「そっち行っていいよね?」

「ああ。……レコーダー止めてもいいのか?」

「へーきへーき、忘れちゃうほど酔ってないしぃ」

いそいそと隣にやってきて、ぺたっと嬉《うれ》しそうに光樹にくっついて座る。

(ほんとかよ)

微妙に語尾が伸び加減だし、目はとろんとしている。肌も上気していて、普段より五割ほど色気を増したような蒼太を眺めて、光樹は軽く苦笑した。

「わ〜、大人っぽい笑い方」

「そうか？」

「うん。俺さぁ、光ちゃんの口元が好きだって言ったっけ？」

「いや、聞いてないな」

「光ちゃんってさぁ、唇が薄くて普通に幅もあるから、そういう笑い方が似合うんだよね〜。それに比べて俺はこの通りで、ちょっと唇は厚いし小さいしで最悪。歯だって、八重歯が出てるから妙に子供っぽいしさぁ」

「なに比べてるんだ。そこが可愛いんじゃないか」

光樹が真顔で言うと、蒼太はふにゃっと嬉しそうに笑う。

「そんなこと言うの光ちゃんぐらいだよお。光ちゃんの目ってさ、な〜んか変なフィルターがかかってるよねぇ」

「確かにそれはあるかもな」

最近、蒼太にしつこくその手のことを言われ続けたせいか、自分でもなんとなくそうなのかもしれないと思いはじめている。

赤ん坊の頃から知っているせいか、単純に小さな生き物を可愛いと思う気持ちがあるし、ずっと面倒をみてきたせいもあって、くりっとした目に自分に対する信頼の色が浮かぶだけで、もう無性に愛おしく思えてしまう。

だが、それだけではないはずだ。

「髪質やそばかすが目立つせいで、顔立ち云々《うんぬん》より愛嬌《あいきょう》のほうが前面に押し出されちゃいるが、おまえの顔立ちは平均よりずっと整ってるほうだと思うぞ」

「……それ、確か、杏里とはじめてふたりきりで会ったときにも言われたなぁ」

照れているのか、蒼太は顔をくしゃっとした。

「ほらな、やっぱりそうなんだよ」

「そうなのかなぁ。……でもさぁ、俺の理想の顔って、光ちゃんなんだよね～。知的なイケメンって言うの？　背も高いし、足も長いしさぁ。見てて幸せな気分になるんだ」

「だったら、ちょうどいいじゃないか」

「え？」

「俺もおまえを見てると幸せな気分になるよ。自分の顔は自分じゃ見れないんだから、お互いにちょうどよかったってことだろう？」

とはいえ、実際は外見云々よりも、愛しいと思う気持ちのほうが先に立つ。

蒼太だってたぶん同じで、ずっと近くにいた自分を好ましいと思ってくれる気持ちが先で、好ましいからこそ、この顔を理想だと思うようになってくれたのだろう。

そうであってくれればいいと思う。

「それもそっかぁ。自分の顔が理想通りでも、毎日鏡で自分の顔だけを眺めて暮らすわけにはいかないもんねぇ」

それじゃナルシストだ～、と蒼太がケラケラ笑う。

（明るい酒だな。……よかった）

どうやら以前の悩み事は、完全に蒼太の中から消えたらしい。

泣き上戸だったら困るなと思っていたが、この様子ではそれもないようだ。

ほっとした光樹は、腕にしがみつくようにして笑っている蒼太の脇腹に手を伸ばして、ちょいちょいとくすぐってやった。

「やっ、ちょっ……なにすんだよぅ」

蒼太が、くくくっと鳩のような声で笑う。

笑いながら、反撃とばかりに両手で脇腹をくすぐりにきたので、光樹は悪戯《いたずら》する蒼太の両手を摑《つか》んで止めた。

ちゅっと音をたててその唇にキスしてやると、嬉しそうに目を細め自ら首を伸ばして、ちゅっとキスを返してくる。

「光ちゃん、大好き。俺さぁ、今すっごい幸せ」

「……そうか」

俺もだ、と答えると、蒼太は嬉しそうにまたキスをくれた。

本当に、夢でも見てるみたいに幸せだと思う。

衝動に突き動かされるままにはじめて蒼太を抱いた夜、光樹は一睡もできなかった。酔いが覚めて自分がしたことを後悔した蒼太に嫌悪されたり、避けられたりしたらと不安だったからだ。

その後も、ずっと不安だった。

ある日突然、もうこんな関係は止《や》めようよと、蒼太が言い出すのではないかと……。

自分と同じ気持ちを返してくれる日がくればいいと願ったことさえなかった。

酔った蒼太を大人の手練手管で騙《だま》すようにして抱いてしまった自分には、そんな都合のいい夢を見る資格はないと思っていたから……。

「ねえ、光ちゃん、手を離して」

「悪戯しないなら離してやる」

「なに言ってんだよう。先にしかけてきたのはそっちのくせに。——悪戯じゃなく、いいことしたげるからさぁ」

そういうことならと手を離してやると、蒼太は膝《ひざ》の上によじ登って、首に腕を巻き付けて、自分からキスしてきた。

ちゅっちゅっと触れるだけのキスを唇や頬《ほお》に何度もしてから、今度は深く唇を合わせて、ゆっくりと大人のキスをしかけてくる。

「……んん……」

夢中でキスを貪《むさぼ》る蒼太の背中に腕を回し、背中からお尻へと手を這《は》わせていくと、蒼太にぺしっと後ろ手で手の甲を叩かれた。

「今日は俺がするの！　いいから、光ちゃんはちょっとじっとしてて」

なにをどこまで？　と一抹の不安が胸をよぎったが、酔っぱらった自分がなにをするか知りたいというのが蒼太の希望だったことを思い出し、好きにさせてやることにする。

蒼太は光樹のシャツのボタンをせっせと外し、裸の胸に唇を寄せてちゅうっと強く吸った。

「ついた」

もっとつけると呟《つぶや》いて、ちゅうちゅうとあちこちに吸いつき、その度《たび》に自分が記したキスマークににんまり。

やがて、キスマークつけに飽きたのか、ソファから降りて光樹の足の間に座ると、ベルトに手をかけてきた。

「無理しなくていいぞ」

「無理なんてしてないよ。いっつも、今日こそはしたげようって思ってるんだから。なのに、いっつも光ちゃんのペースでできずじまいでさぁ。俺、けっこう悔しかったんだ」

前を開けて光樹のそれを取り出し、そのままぺろんと舐《な》める。

まるでアイスでも舐めているかのような仕草が可愛らしいし、迷いのないその動作は愛しかった。

「すぐに気持ちよくしてあげるからね」

指で扱《しご》きながらそう言った蒼太は、次いでそれをパクッと咥《くわ》えた。

いつも光樹がしてやっているように頭を動かして唇で刺激しようとしたようだが、徐々に大きさを増していくそれにびびったのか、諦めて再びぺろぺろと舐めはじめる。

（下手《へた》くそめ）

常日頃からせっせと蒼太に奉仕してやっている身としては、普段の営みから一切学んでいないのかと呆《あき》れるばかりだ。

とはいえ、やっている本人は真剣らしい。

上手下手はともかくとして、一生懸命に奉仕してくれるその姿はたまらなく愛おしいし、見ているだけでそそられる。

さすがにじっとしていられなくなった光樹は、蒼太のパサパサの髪をそっと撫《な》で、酔って赤くなった耳たぶをくすぐり、さらに耳元から喉《のど》へと指を這わせてみた。

「……ん」

戯《たわむ》れみたいなその愛撫に、蒼太は気持ちよさそうにぶるっと身震いすると、突然舐めるのを止めてしまう。

「もうおしまいか？」

光樹がからかうと、蒼太はちょっと恥ずかしそうにもぞもぞした。

（ああ、勃《た》っちまったか）

迫《せ》り上がってくる欲求に奉仕どころではなくなったってところらしい。

だがついさっき、今日は俺がすると宣言した手前、このまま奉仕を中断するのも気まずくて困ってしまっているのだろう。

（う～ん、からかいたいなぁ）

今日は蒼太がしてくれるんだろう？　続きは？　とからかってみたら、蒼太はどんな顔をするだろう。

光ちゃんの意地悪と言って拗《す》ねるか、ぷっと膨れるか……。

（泣く可能性もあるか……）

酔っていて感情の起伏が激しくなっているだけに、その危険性は大だ。

そうこうしているうちにも、もじもじしている蒼太の目が少しうるうるしだして、光樹は慌てて自分の為の楽しみを放棄した。

「じゃあ、次は俺の番だな。気持ちよくしてくれたお礼をしてやるよ」

ほら、来い、と腕を掴んで、蒼太を膝の上に引っ張り上げる。

「光ちゃん、大好き」

蒼太は、安心しきった顔で、光樹の胸にぐりぐりと顔を擦《こす》りつけてくる。

幼い頃からずっと変わらない、無邪気なその仕草が愛しくて仕方ない。

同時に、あまりにも幼い仕草に、ふと不安にもなった。

（蒼太のこれは、本当に恋なんだろうか？）

幼い頃から慕ってきた年上の従兄弟《いとこ》に対する好意と信頼を、恋愛と勘違いしているのではないかと……。

だが、そんな不安もすぐに消える。

「キスしよ」

無邪気な微笑みの中に垣間見えるのは、確かな欲望の色。

恋をしているからこそ、こうして素直に求めてくれるのだ。

お互いの想いを確かめあった夜、光樹はそう信じると決めた。

（また泣かれたくないしな）

わんわん大泣きされるのは辛《つら》かったが、俺を信じてくれないんだと声もたてずにただ涙だけを流す姿には、心臓を鷲《わし》づかみにされるような痛みすら感じた。

あんな痛みはもう二度と感じたくない。

「……光ちゃん」

首に腕を巻き付け、蒼太がちゅっと軽いキスをくれる。

光樹はその背中を抱き寄せ、蒼太が望む深いキスをゆっくりとしかけていった。

☆

そして翌朝、やっぱり蒼太は記憶をなくしていた。

「レコーダーのスイッチを切ったところまでは、なんとな〜く覚えてるんだけど……」

二日酔いにはなっていないものの、最後に半分以上残っていたお酒を一気飲みしたのがよくなかったらしく、その後の記憶はさっぱり残っていないのだとか。

「あの程度で記憶がなくなるのか……。聡子《さとこ》叔母さんと真人《まさと》もあんまり酒は得意じゃなかったし、体質的に酒に弱いのかもな」

ちゃんと自覚しとけよと言うと、蒼太は素直にこくんと頷《うなず》いた。

「光ちゃん、俺、昨夜《ゆうべ》なんかした？」

光樹のベッドで素っ裸で目覚めた蒼太は、同じく裸だった光樹の首や胸に点々とついたキスマークを見て、不安そうな顔になる。

「した」

深く頷いた光樹がにやりと笑ってやると、蒼太もなんとなく察したようで、うひゃ〜っと顔を真っ赤にした。

「なにしたか、聞きたいか？」

「き、聞きたくない！　話さなくていいから」

「酔った自分がどうなるか知りたかったんじゃなかったっけか?」

「それはそうだけど……。でも、なんか恥ずかしいことやってそうだから、もういい。教えてもらっても、嘘《うそ》かほんとかわからないし……」

レコーダー止めといてよかったと、蒼太がほっと胸を撫で下ろす。

ベッドの中でそんな蒼太の頭を撫でつつ、光樹はにやりと微笑みかけた。

「大丈夫だ。こんなこともあろうかと、リビングに小型カメラをしかけておいたから」

「……嘘。なんでそんなことするんだよ」

「だっておまえ、内緒にしとかないと意識するだろう?」

無意識のうちに周囲の空気を読む癖がある蒼太のことだ。カメラが回っていると知っていれば、無駄に気を張って素直に酔うこともできないだろうと思ったのだ。

案の定、酔っぱらっておかしくなりだしたのも、ICレコーダーのスイッチを自分でオフにした後からだったし、我ながらいい判断だったと思う。

「あ、あのさ……。昨夜、リビングでエッチとか……して……る、ような……」

どうやら、うっすらと記憶が戻ってきたらしい。

語尾を濁らせて視線を泳がせる蒼太に、「してるぞ」と肯定してやると、真っ赤になった顔をばふっと枕に沈めてしまった。

「エッチする前に、カメラの電源オフにしてたりしない?」

「してない。たぶんばっちり映ってるんじゃないか」

「ばっちりって……。もう最悪」

慌てて起き上がった蒼太が、素っ裸のままでばたばたとリビングに走って行く。

たぶん誰の目にも触れていない今のうちに、映像を消去してしまうつもりなのだろう。

だが、もう手遅れだ。

蒼太が起きるより先に映像をチェックして、しっかりコピーまで取ってあるのだから……。

(思いがけず、いいものが撮れてたな)

角度的な問題で、蒼太がフェラをしている顔が撮れなかったのは残念だが、その後の行為はすべてばっちり映っている。

自分からぱぱっと服を全部脱ぎ捨てた蒼太が、もう我慢できないと積極的に上に乗ってきて、気持ちよさそうに夢中になって身体《からだ》を揺らす可愛い姿も……。

盗撮の趣味はないが、可愛い恋人の艶姿ならば話は別だ。

記念写真よろしく、大事に保管させてもらうことにする。

もちろん、本人は嫌がるだろうから、内緒のままで……。

「さて、とりあえず証拠隠滅を手伝ってやるか」

たぶん今ごろ不馴《ふな》れなカメラと格闘しているだろう蒼太を手伝うべく、光樹はジーンズを穿《は》きシャツを羽織るとリビングへと向かった。

案の定、操作法がわからず困っていた蒼太から小型カメラを受け取り、昨夜のデータを消すべく操作してやる。

「消去する前に一度ぐらい見てみないか？」

操作する手を止め、悪戯心を起こしてそう聞くと、蒼太は「見ない！」と真っ赤になってぷっと膨れた。

「恥ずかしいから、早く消して」

「はいはい。——俺のこの記憶装置にばっちり保存されてる映像のほうはどうする？」

光樹はとんとんと自分の頭を指先で叩く。

「そっちはそのままでいいよ。……光ちゃんの変なフィルターがかかった目に映った映像なら、実物よりちょっとだけ綺麗《きれい》に修正されてるだろうし、それに流出する心配もないしね」

「当然だ。おまえのエロい姿を見ていいのは俺だけだからな」

「だから、エロイとかって言わないでよ。……スキモノ扱いされてるみたいで不愉快」

「そうか。わかったよ。——ほら、消去できたぞ」

消去ずみの表示が出た液晶画面を見せてやると、蒼太はほっとしたように微笑んだ。

「光ちゃん、ありがと」

光樹のシャツを引っ張りながら背伸びをして、蒼太がちゅっと唇に触れるだけのお礼のキスをくれる。

「どういたしまして」
光樹はそれに微笑み返したが、内心は少々複雑だ。
まるっきり自分を疑わず、信頼しきった蒼太の目に少しばかり胸が痛んで……。
（でもまあ、大人は狡《ずる》いもんだって、確か前に教えといたよな）
説明責任はすでに果たしている。
学習しないほうが悪いのだと、狡い大人はこっそりほくそ笑んだ。

あとがき

こんにちは。もしくは、はじめまして。黒崎あつしでございます。

さてさて今回のお話は、久しぶりに若い子が主人公です。

年の差、お酒、同居と、わたし的王道を突っ走らせてもらってとても楽しかったです。

皆さまにも気に入っていただければ幸いです。


イラストを引き受けてくださった金ひかる先生に心からの感謝を。主人公のキャララフが届いたときには小躍りしてしまいました。

担当さん、毎度お世話になってます。本当にありがとう。

この本を手に取ってくださった皆さまにも心からの感謝を。

皆さまが、少しでも楽しいひとときを過ごされますように。

またお目にかかれる日がくることを祈りつつ……。

二〇一三年二月

黒崎あつし

✦初出　恋心の在処……………書き下ろし
狡い大人…………………書き下ろし

黒崎あつし先生、金ひかる先生へのお便り、本作品に関するご意見、ご感想などは
〒151-0051 東京都渋谷区千駄ヶ谷 4-9-7
幻冬舎コミックス　ルチル文庫「恋心の在処」係まで。

幻冬舎ルチル文庫

恋心の在処

2013年3月20日　第1刷発行

✦著者　黒崎あつし　くろさき あつし

✦発行人　伊藤嘉彦

✦発行元　株式会社 幻冬舎コミックス
〒151-0051 東京都渋谷区千駄ヶ谷 4-9-7
電話 03(5411)6432［編集］

✦発売元　株式会社 幻冬舎
〒151-0051 東京都渋谷区千駄ヶ谷 4-9-7
電話 03(5411)6222［営業］
振替 00120-8-767643

✦印刷・製本所　中央精版印刷株式会社

✦検印廃止

ISBN978-4-344-82795-0　C0193　Printed in Japan